periplaneta

Alle Figuren in diesem Buch sind Erfindungen der Erzählerin. Keine ist identisch mit einer lebenden oder toten Person. Ebenso decken sich beschriebene Episoden nicht mit tatsächlichen Vorgängen.

Sylvia Krupicka: „Mädchen zwischen den Zeilen", Roman
1. Auflage, März 2024, Periplaneta Berlin, Edition Periplaneta

Inh. Marion Alexa Müller, Bornholmer Str. 81a, 10439 Berlin
www.periplaneta.com

Lektorat: Thomas Pappritz, Thomas Manegold
Cover: Thomas Manegold (Made with Adobe Firefly)
Autorinnenfoto, S.144: Roland Brecht
Satz & Layout: Thomas Manegold

Lied-Zitate:
Vicky Leandros: „Theo, wir fahr'n nach Lodz" (Fritz Löhner-Beda, Subtext: L. Leandros, K. Munro).
John Lennon, Yoko Ono: „Give Peace a Chance" (J. Lennon)
Loggins & Messina „Your Mama Don't Dance" (Kenny Loggins, Jim Messina)

Made in EU
Gedruckt auf FSC- und PEFC-zertifiziertem Werkdruckpapier

print ISBN: 978-3-95996-272-8
epub ISBN: 978-3-95996-273-5

Sylvia Krupicka

Mädchen zwischen den Zeilen

Roman

periplaneta

Teil 1

Ich habe vor meinen Eltern Angst. Beide zusammen sind in der Lage, mein Leben auszulöschen. Ich bin in ihren Augen nur zugelassen, weil ich mir das Leben bei ihnen hart erarbeite. Sie mögen mich erst, wenn andere Menschen mich grüßen oder loben. Dann haben meine Eltern das Gefühl, dass ich doch ein guter Mensch bin. Es ist mein Glück, dass es Menschen gibt, die nicht wissen, was meine Eltern über mich denken. Es hält sie davon ab, mich zu töten.

Verliebt sein

Erst fünf Tage sind von meinen acht Ferienwochen vergangen und schon bin ich mittendrin. Die Zeit fliegt an mir vorbei wie nichts. Denn: Ich bin verliebt. Pillepalle-Liebesbriefe in Geheimschrift waren gestern. Jetzt gibt es Mario und er ist auch verliebt in mich. Ich habe es gehört und gesehen, beim Versteckenspielen. Ich entdeckte sie im Schacht zum Kellereingang: Mario samt kleiner Schwester und seinen Freund René. Eng aneinandergerückt und sich völlig sicher, nicht gefunden zu werden, alberten die drei dort herum. Mario hielt seine kleine Schwester im Arm und René neckte ihn, indem er ihm am Ohr zog.

»Rote Ohren. Ein klarer Fall von verknallt.«

»Gar nicht.« Mario lachte und stieß Renés Arm weg.

Aber René hörte nicht auf: »Eine blaue Jacke mit Kragen, ein langer blonder Zopf und sie heißt S …«

»Lass mich in Ruhe!« Mario knuffte René in die Seite.

»Simone, Simone, Simone …«, René sprach meinen Namen schnell hintereinander.

»Du sollst das nicht hinausposaunen, du Blödmann!« Obwohl er René wieder knuffte, lächelte Mario, was René nicht sah. Mario hielt seine Schwester Nele fest umarmt und küsste sie auf ihren Haarscheitel. In mir zog eine warme Wolke auf. Sie wanderte vom Bauch langsam in den Hals hinauf und kitzelte mich dort. Ich drückte mit der Hand leicht an meine Kehle, um nicht zu husten. Sonst hätten sie mich entdeckt, wie ich da hockte und gebannt auf die Versteckten guckte. Ich wünschte mich an die Stelle der kleinen Schwester. Er strich ihr das Haar aus dem Gesicht, tuschelte ihr ins Ohr und wog sie wie ein Baby hin und her.

Seitdem sitzt die warme Wolke in meinem Bauch und kommt nicht mehr heraus. Ich sehne mich danach, dass er mich genauso umarmt und küsst. Denn die mit dem langen Zopf und der blauen Jacke bin ich.

Mario wohnt nebenan, im Hinterhaus. Dieses Nachbarhaus unterscheidet sich in vieler Hinsicht von meinem. Er lebt im Altbau, ich im Neubau. Obwohl ich Marios Wohnung nie betreten habe, stelle ich mir sein Zuhause oft vor. Ich vergleiche es mit den großen Zimmern von Frau Schultz, denn sie wohnt im Vorderhaus dieses Mario-Aufgangs im Erdgeschoss. Sie ist eine ältere Dame, die ich regelmäßig besuche und ihr dabei im Haushalt helfe. Mit ihren 73 Jahren schafft sie es nicht mehr, Fenster zu putzen, Holz zu hacken und Kohlen zu tragen.

Sooft ich vom Fußabtreter ihrer Wohnung aus über die Holzschwelle in ihr Reich – wie sie immer sagt – eintrete, verschiebt sich die Zeit in wenigen Sekunden um einhundert Jahre. Im Flur liegt ein schwerer dunkelroter Teppich mit Fransen. Kurz darauf laufe ich auf den miteinander verwobenen orientalischen Rankenmustern. Eine riesige schwarze Garderobe mit Messinghaken verdeckt die gesamte Flurwand an der linken Seite. Im Wohnzimmer gegenüber steht ein dunkelgrüner Kachelofen mit verschnörkelten Türen aus Eisen. Weiße Gipsblumen wachsen weit oben in den Ecken der Zimmerdecke. Ein schwarzlackierter gewaltiger Buffetschrank[1] mit Glastüren thront an der Breitseite, daneben quasseln Bubi und Hansi (schon allein die Namen der beiden Wellensittiche sind urzeitlich) in einem goldenen runden Käfig am Fenster. Gegenüber finden das rote Sofa aus Samt, Tisch und Stühle Platz. Sie sind alle mit Häkeldeckchen bedeckt, die überall liegen, auch unter Tischleuchten und den Sammeltassen[2], aus denen wir gemeinsam Kinderkaffee trinken.

1 Das ist ein Wohnzimmerschrank aus echtem Holz, in welchem unten das selten benutzte gute Geschirr steht und oben die Gläser für Wein und Schnaps hinter Glas ausgestellt sind.

2 Sammeltassen heißen Tasse, Untertasse und Kuchenteller mit Goldrändern und Blumen. Die drei Geschirrteile gleichen Musters bilden ein Gedeck und Gedecke werden gesammelt, weil sie jeweils anders aussehen.

Wenn Frau Schultz aus ihrem Buffetschrank die Sammeltassen für uns zusammensammelt, passt die schwarze Farbe des Möbelstückes farblich zu ihren weißen Haaren, die sich in winzigen Löckchen kringeln, wie kleine Sahnebaisers. Ihr Hobby ist Kuchenbacken. Sie backt für alle Leute, die sie besuchen. Für meinen Bruder und mich rührt sie einige Erbsen oder Linsen mit in den Teig hinein. Sie hat sich das ausgedacht, damit wir den Kuchen bis zum letzten Stück aufputzen – wie sie es nennt. Wer eine Erbse findet, bekommt zwanzig Pfennig, wer eine Linse entdeckt, zehn. Dann lacht sie voller Freude mit ihrer hellen, hohen Stimme.

Bei Mario wird es nicht so altmodisch aussehen wie bei Frau Schultz, aber die Zimmer werden ebenfalls hoch und geräumig sein, eben Altbau. Er wird Poster von bekannten Rockgruppen oder Sängern an der Wand haben. Er wird auf seinem Bett liegen, Musik hören und zur hohen Decke schauen, die bestimmt auch mit Stuckverzierungen versehen ist, und er wird hoffentlich an mich denken.

In mein Zimmer passt nur ein Bett, ein kleiner, dicht an die Wand gepresster Schreibtisch, außerdem der Familienesstisch mit vier Stühlen und ein Kleiderschrank.

Mario habe ich in den Jahren zuvor weder besucht noch mit ihm gesprochen. Dabei wohne ich schon lange in der Ernst-Thälmann-Straße. Ein Grund ist, dass er älter ist als ich. Drei Jahre. Im August sind es nur noch zwei, dann werde ich dreizehn. Schon wenn ein Junge zwei Jahre älter ist, interessiert ihn in der Regel eine Jüngere nicht im Geringsten. Aber irgendetwas wird ihm an mir gefallen. Ich wüsste gern, was. Vielleicht sehe ich älter aus? Oder hat er etwa nur Langeweile, weshalb er in den letzten fünf Tagen fast täglich um dieselbe Uhrzeit auf der Straße vor meiner Hausnummer steht?

Jetzt ist es siebzehn Uhr. Ich bin zwar mit dem Abtrocknen vom gestrigen Geschirr fertig, doch das von heute Morgen steht noch ungespült neben dem Becken. Aber mich interessiert mehr, was vor der Haustür los ist, ob Mario schon da ist. Ich ziehe den Müll unter der Spüle hervor und schleppe den schweren Metalleimer zur Tür. Das Treppenhaus ist kühl. Normalerweise springe ich die Treppen herunter, erst zwei Stufen auf einmal nehmend und wenn ich in Schwung bin, vier bis fünf, aber mit dem Eimer funktioniert das nicht. Er schlägt mir gegen die Waden, so schwer ist er.

Mario ist nicht zu sehen. Schade. Schon zweimal war ich eher da als er.

Kerstin, meine beste Freundin, die zwei Etagen unter mir wohnt, sagt immer, dass Jungs so tun, als hätten sie keinerlei Absichten. Nur zufällig stünden sie da und dort und niemals etwa, um ein Mädchen zu treffen. Ich glaube, sie hat recht. Hätte ich die drei nicht belauscht, wüsste ich heute nichts von Marios Verliebtsein und müsste mich allein auf mein Gefühl verlassen. Wahrscheinlich setzen die Jungs voraus, dass Mädchen einen siebenten Sinn haben und wissen, dass dieser oder jener in sie verknallt ist. Aber Jungs, hört her, so ist es nicht! Ich finde es besser, wenn ich gefragt werde, ob ich mich um diese oder jene Uhrzeit da oder dort mit jemand treffen möchte. Aber Mario überlässt das dem Zufall. Oder er geht davon aus, dass ich es so einrichte, am nächsten Tag wieder »zufällig« unten zu sein. Oder diese Lässigkeit zu zeigen, hängt mit seinem Alter zusammen.

Ich gehe an den sechs Aufgängen unseres Neubaublocks[3] vorbei zum Müllhäuschen. Je näher ich dem Ort komme, umso mehr stinkt es. Folgerichtig ist der Geruch am schrecklichsten, wenn ich nahe dran bin. Eine Menge zylinderförmiger Tonnen stehen von einer Mauer eingefasst. Ein Dach gibt es nicht, weshalb die Speisereste von zweihundert Menschen eine Woche lang in der Sonne durchgekocht werden, bevor man sie zu dem anderen Matschmüll von Berlin kippt. Jedes Öffnen einer Mülltonne ist eine Herausforderung: Luft

---

3 Unsere Straße ist zu beiden Seiten mit grauen Neubaublöcken derselben Bauweise gesäumt. Gefühlt gucken Tausende gleich aussehende Fenster auf den dort laufenden Fußgänger. Immer könnte dich irgendjemand gesehen oder beobachtet haben.

anhalten, Metalldeckel hochdrücken, den Müll aus dem eignen Eimer reinschütten, wegrennen, nach frischer Luft schnappen. Wenn man bei den Tonnen Luft holt, hat man eine Ladung Mülltonnenrülps in der Nase.

Und schon gibt es Probleme! Die ersten drei Tonnen quellen über. Dann folgt eine, deren Deckel geschlossen ist. Da ist Platz. Ich atme tief außerhalb des Gestanks ein, gehe mit schnellen Schritten hin, schnappe mir den Griff und donnere den Deckel hinten an das Mauerwerk. Innen ist das Teil völlig verklebt und verdreckt, weil es niemals ausgewaschen wird. Rotbraune Ofenasche aus dem Winter ist die Grundfarbe, alle anderen Farben ordnen sich unter. Der Gestank übertrifft alles. Zwei grausame Gerüche gibt es immer: faule Kartoffeln und saure Milchtüten. Deshalb ist schnelles Handeln angesagt: Mülleimerdeckel abnehmen, Eimer in Brusthöhe stemmen, ausschütten, zwischen die ekligen Blechtonnen treten, um den Deckel wieder zu greifen und ihn fallen zu lassen, schnell wegrennen. SCHEPPER, SCHEPPER. Ich schnappe nach Luft wie nach einem längeren Unterwasserausflug. Dann laufe ich wieder mit leerem Eimer zurück. Aber Mario ist nicht da.

Dabei möchte ich ihm dringend begegnen, denn gestern fiel mir etwas Wichtiges an mir auf. Ich schaute flüchtig in den Flurspiegel und sah mich so, wie mich Mario immer sieht: Über das Gesicht hingen ein paar blonde Haarsträhnen und wellten sich. Die anderen Haare fielen hinten in einem langen Zopf auf die blaue Jacke. Ich sah verdammt gut aus, fand ich. Ganz fest wünsche ich mir, dass er mich heute wieder sieht und sich weiter verliebt, immer mehr und mehr, bis – ich seine Freundin bin.

Ich schlendere vor dem Nachbarhaus herum, die Gardine von Frau Schultz bewegt sich etwas. Schnell ducke ich mich. Einen Arbeitsauftrag kann ich im Moment nicht gebrauchen.

Aus einem weiteren Grund gefällt mir die Situation nicht, denn in einer Viertelstunde kommt mein Vater von der Arbeit. Steigt er in der Mittelstraße aus dem Bus und läuft von dort nach Hause, überschaut er die Ernst-Thälmann-Straße mit einem Blick. Steigt er an der Endstation aus, kommt er direkt auf den Mario-Aufgang zu. Ich sollte zusehen, dass ich ihm hier nicht begegne. Langsam schlendere ich zurück zu meiner Haustür.

Jeden Tag trinkt mein Vater halb sechs am Nachmittag zusammen mit meiner Mutter im Wohnzimmer Kaffee und sie berichten sich alles, was geschehen ist. Wenn ich was angestellt habe, erfährt er es dann. Manchmal weiß ich nicht genau, ob ich an irgendwas schuld bin. Erst wenn er mich ruft, weiß ich, dass es was gibt. Wenn Mutter um fünfzehn Uhr aus der Bibliothek, also von ihrer Arbeit, mit einem zusammengekniffenen Strichmund kommt und sich ins Wohnzimmer verzieht, dann habe ich möglicherweise was angestellt. Das denke ich immer.

Heute ist leider solch ein Tag, an dem ihre Gewitterwolkengedanken durch die Wohnung ziehen. Sie schaut mich entweder kaum an oder sie guckt mich streng an, als hätte ich was getan. Ich kann mich aber nicht erinnern, was das sein soll. Heute zum Beispiel trocknete ich deswegen gleich das Geschirr ab und stellte es weg.

Zu unserer Familie gehört außerdem mein jüngerer Bruder, der Roman heißt. Alle rufen ihn Römi. Römi wird entweder von meiner Mutter nach der Arbeit vom Kindergarten abgeholt, was eher selten der Fall ist, oder von mir. Meistens wird das vor dem Frühstück besprochen.

Meinem Bruder Römi fehlt die Antenne für Gewitterwolkengedanken. Wenn ich das Gefühl habe, die Stimmung ist so dick, dass man sie scheibchenweise aus dem Fenster werfen sollte, lässt er stundenlang auf dem Boden seine Matchboxautos[4] fahren. Er beobachtet die Räder. Er studiert, wie sie sich drehen, wenn er seine Matchboxautos langsam, noch langsamer, schnell, noch schneller, normal und noch

4 Das sind kleine Modellautos, die es nur im Westen zu kaufen gibt, auf die allerdings die Jungs in der DDR ziemlich scharf sind. Dafür, dass sie Westgeld kosten, gibt es recht viele hier.

normaler fahren lässt. Jetzt liegt er in seinem Kinderzimmer auf der Erde und spielt mit ihnen.

Römi ist es zu verdanken, dass ich wie ein sprechendes Lexikon Begriffe erkläre von denen ich glaube, dass sie unverständlich sind. Angefangen hat das, als er drei Jahre alt war. Ständig wollte er wissen »Hum?« Das hieß bei ihm so viel wie: »Warum?« Jetzt hat sich das bei mir automatisiert, obwohl er gar nicht mehr fragt.

Grenzgebiet

Mit einem Mal schießt mir das Blut in die Wangen, denn Mario und sein Freund René sind zu sehen. Sie stehen beide direkt vor Frau Schultz' Fenster und schauen ab und zu herüber. Sie unterhalten sich. Wie Kerstin gesagt hat, so tun, als ob nichts wäre, als würden sie *nicht* warten und mich *nicht* treffen wollen. Zu blöd, dass ich den dreckigen Mülleimer in der Hand halte, denn jetzt setzen sie sich in Bewegung und schlendern heran.

»Hei, Simone, was machst du mit der Milchkanne[5]?«

René grinst. Sein Gesicht ist bis über die Ohren mit Sommersprossen betupft. Neben Mario sieht er eher aus wie sein jüngerer Bruder, aber er ist gleichaltrig.

»Welche Milchkanne, ist doch ein Mülleimer.« Mit einem Seitenblick streife ich etwas verunsichert den früher weiß gewesenen Metalleimer.

»Milch gibts nicht im Müllhaus!«, kichert René.

Ich schaue mir René von oben bis unten an. »Hast du jemals in deinem ganzen Leben einen Mülleimer in der Hand gehalten oder eine Milch eingekauft?«

»Nee, hat er nicht«, schaltet sich Mario ein. »Er lässt sich abends noch eine Nuckelflasche von seiner Mama machen.«

»Spinnst du? Du bist der, der sich Pudding kochen lässt«, ruft René erbost und schlägt die Richtung zum Müllhäuschen ein. Jetzt ist René beleidigt.

»Wo will René hin?«, frage ich Mario. Zufällig treffen sich unsere Augen. Seine sind blau und um die Pupillen herum blinken kleine braune Sonnenstrahlen auf, die mich nervös

5 Ein Behältnis aus Aluminium oder emaillierten Stahlblech, mit dem Milch eingekauft wird. Die Verkäuferin hat eine Ein-Liter-Schöpfkelle und füllt die Kanne maßgenau. Ich spiele damit auf dem Heimweg gern Zentrifuge: Der Deckel wird abgenommen und mit dem Arm die Milchkanne in Schwung gebracht, und zwar so dass die Milch, wenn sie überkopf ist, nicht herausfließt.

machen. Ich würde jetzt gern stundenlang so stehen und ihm in die Augen schauen. Aber da ist die warme Wolke, die sich regt und langsam in den Kopf steigt. Hoffentlich bin ich nicht rot im Gesicht.

»Kommst du mit auf das Grenzgebiet?«, fragt er. »Wir wollen da eine Weile bleiben.«

»Warum?« Ich beobachte, wie sich seine Augen eine Nuance dunkler färben, fast traurig wirken sie. Will er mich wirklich dabeihaben? Wieder einmal flackert hier Kerstins Theorie auf: Jungs denken, dass Mädchen wissen, was Jungs wollen. Aber ich möchte es gern hören.

»War das eine Einladung?«, frage ich Mario. Seine Augen lächeln plötzlich wieder. Das bedeutet ganz sicher ›Ja‹, doch Mario muss, weil er ein Junge ist, etwas anderes sagen: »Wenn du eine brauchst, dann soll es eine sein.«

»Meine Güte«, sage ich, »warum einfach, wenn es auch kompliziert geht.« Diesen Satz habe ich letzte Woche im Bus aufgeschnappt.

René winkt. »Komm mit, Simone, wir zeigen dir wirklich etwas Spannendes!« Na, geht doch! Die haben außerdem ein Geheimnis, das interessiert mich. »Bin sofort da!«, versichere ich ihnen, während ich den Haustürschlüssel aus meiner Jackentasche fingere und zur Haustür laufe.

Seitdem ich die beiden kenne, trage ich ihn nicht mehr um den Hals wie ein Schlüsselkind, sondern in einer Jacken- oder Hosentasche. Das wirkt erwachsener, obwohl es nervt, dass ich ihn dauernd suche. Eine kleine Weile überlege ich, ob ich den Eimer nicht hochbringen sollte, denn Ärger bei meinen Eltern entsteht aus vielen Kleinigkeiten. Andererseits kommt jeden Moment mein Vater und er würde mich aufhalten. Dann wäre es vorbei mit dem Geheimnis aus dem Grenzgebiet. Ich schließe unschlüssig die Haustür auf, vergesse aber meine Grübelei auf der Stelle, denn Mario stößt mich an.

»Du bist!«, ruft er und schon fliegt der Eimer in eine Ecke vom Treppenhaus und ich flitze hinter Mario her, um ihn abzuschlagen.

Wir wohnen an der Berliner Mauer. Mitten durch die Stadt zieht sich eine Grenze, die sich auf mein und unser aller Leben auswirkt. Das gesamte Grenzgebiet vor der Mauer ist eine weitläufige Zone mit unterschiedlichen Flächen. Diese wiederum sind mit Anlagen versehen, die das Betreten verhindern. Aber, es gibt eine *Pause*. Sie erstreckt sich vom Holzzaun hinter dem Müllplatz bis zum Drahtzaun vor dem Wachturm der Grenzpolizei. Der Turm ist mit zwei Grenzsoldaten besetzt. Jeden Tag gucken sie mit dem Fernglas in der Gegend herum. Sie sollen verhindern, dass jemand hinüberläuft oder wie ein Stabhochspringer mit großem Anlauf und einem langen Stab die Mauer überspringt. Das wäre jedenfalls die von mir erdachte Möglichkeit, über die Betonwand zu kommen.

Die *Pause* ist vom Wachturm durch den Drahtzaun getrennt, der oberhalb mit Stacheldraht umwickelt ist. Ich habe beiden Bewachern auf ihre Bitte hin schon Schrippen gekauft und hinübergereicht. Einer von ihnen ist dazu vom Turm heruntergekommen. Es war derselbe, der mich darum gebeten und mir Geld durch den Zaun gesteckt hat, aber die Schrippentüte passte dann nicht mehr durch. Ich musste sie noch über den Stacheldraht hinüberreichen.

Wir großen Kinder aus den Neubaublöcken mit den Q3A Wohnungen[6] dürfen hier auf der *Pause* ungestört spielen, obwohl direkt daneben die Grenzanlagen sind.

Der Wachturm steht auf einem Sandstreifen, der sich wie ein helles breites Band links und rechts hinter dem Zaun entlang schlängelt. Nach Zaun und Sandstreifen kommt eine schmale

6 Das sind standardisierte kleine Wohnungen für Familien. Die Möbel der einen Familie stehen oft an derselben Stelle wie vergleichbare Möbel in der Nachbarwohnung. Das bedeutet, es gibt wenig Varianten für das Aufstellen von Wandschränken, Ehebetten, Schreib- und Esstischen.

Teerstraße für die Kübelwagen[7]. Die Kübelwagen bringen das Essen für die Grenzer, oder sie bringen neue Grenzer, um die anderen abzulösen. Ich wünsche mir, dass jemand versucht, »rüberzurennen« und ich dem Spektakel mal zusehen kann. Andererseits weiß ich, dass dieser Jemand es lieber nicht versuchen sollte, denn er könnte hinter der Asphaltstraße auf einem grauen Sandstreifen mit kreuzweise stehenden Eisenträgern in die Luft gesprengt oder von Hunden gebissen werden, die an gespannte Drahtseile gebunden sind und angerast kommen. Der Jemand müsste sich an der grauen Betonmauer hochhangeln, an der er sich oben nicht festhalten kann, da die daraufgelegten Betonröhren es verhindern. Der Jemand müsste auf der anderen Seite drei Meter herabspringen, ohne sich die Knochen zu brechen und ohne bis dahin von den Grenzsoldaten angeschossen worden zu werden. Doch dann könnte dieser Jemand sich die besten Hosen der großen weiten Welt kaufen - Levis. Levis sind *die* Röhrenjeans überhaupt. Die trägt Mario.

Ach ja, Mario. Wenn ich mir über Mario und mich im Zusammenhang mit dem Grenzgebiet Gedanken mache, bekomme ich Bauchschmerzen. Sollte sich was mit uns entwickeln, werde ich ihn besuchen, denn bei mir zuhause darf ich ihn niemals küssen. Bei mir zuhause haben die Wände Augen.

Doch das Hinterhaus, in welchem Mario wohnt, gehört schon zum Grenzgebiet. Das Vorderhaus, in welchem Frau Schultz wohnt, nicht. Wenn Mario Besuch bekommt, ist es seine gesetzliche Pflicht, vorher bei der Polizei einen Antrag zu stellen mit Name und Anschrift derjenigen, die ihn besuchen wird, ergo mit meinem Namen und meiner Anschrift. Der Antrag wird genehmigt oder auch nicht. Außerdem darf

7 Es sind die einzigen Jeeps, die es hier im Land gibt – armeegrüne Trabbis ohne Dach. Statt des Daches gibt es eine Plane, die bei Regen und Schnee hoch und bei Sonnenschein runtergezogen wird. Anstatt der Türen haben diese »Jeeps« Kordeln, damit die Soldaten sofort herausspringen können, wenn jemand flüchtet.

der Besuch am Abend nur bis zehn Uhr bleiben. Wie soll das gehen? Selbst jetzt treffen wir uns anscheinend nur rein zufällig. Niemals kann er zu mir sagen: Komm doch mal hoch, ich zeig dir mein Zimmer! Möglicherweise käme sofort die Polizei angetrabt. Warum dieses Gesetz? Tja, der Staat meint, ich würde auf die Idee kommen, bei Mario aus dem Fenster zu springen. Dann lande ich nämlich fast im Westen, obwohl ich den Sprung aus dem dritten Stock, die Sprengminen, die Hunde und außerdem noch die Mauer überleben müsste. Sein Haus steht gleich am Drahtzaun mit dem Stacheldraht, nur hundert Meter entfernt vom Wachturm.

Mich interessiert der Westen nicht so, dass ich da wohnen will. Angeblich wollen das eine ganze Menge Leute, ich nicht, ich will nur zu Mario.

Mario ist jetzt durch den Zaun hinter dem Müllhäuschen gekrochen. Er wartet einen Augenblick, bis ich hinterherkomme und schaut zu mir nach hinten. Dann rennt er los und auch ich beschleunige das Tempo. Schnell macht er einen Sprung zur Seite, als ich ihn fast am hellblauen Nicki[8] erwische. Wir rennen auf gleicher Höhe, aber mit Abstand zueinander. Er ist um einen Kopf größer als ich. Das mag ich und ich mag seine langen blonden Haare. Er hält auf die Brombeerhecken zu. René umkreist ihn wie ein kleiner Satellit seinen Planeten. Plötzlich aber rempelt René Mario an der Schulter an und stößt ihn in meine Richtung.

»Du kannst doch neben ihr laufen, wenn du dir schon so viel Arbeit für sie gemacht hast.« René lacht. Mario knickt mit dem Knöchel auf einem Grasbüschel um und stürzt hin. Ich versuche, nicht auf ihn zu fallen, aber die Geschwindigkeit und das plötzliche Stoppen bringen mich ins Stolpern. Das Ergebnis ist: Wir liegen beide im Sand. Ich hoffe, dass er nicht sauer ist, und schaue in an. Doch Mario scheint sich nie zu ärgern.

---

8 Nicki: kurzärmeliges Sporthemd, meistens mit irgendwelchen Aufnähern von Sportmannschaften verziert.

René ruft: »Ei, ei, ei was seh' ich da, ein verliebtes Ehepaar.«

Mario schaut zu René, für einen kurzen Moment überlegt er, ob er ihm was entgegnen soll, dann rappelt er sich auf und reicht mir die Hand.

»Lass den quatschen.«

Ich wüsste gerne, wie er es macht, nicht verklemmt zu sein, denn ich bin es. Meine Hand ist voller Sand und ich bemerke es erst, als ich sie ihm reiche.

»Oh, Tschuldigung.« Ich ziehe die Hand zurück und streiche sie an meiner Jeans ab. Ich habe leider keine Levis. Obwohl meine auch aus dem Westen ist! Als ich sie bekam, war sie hochwasser. Ich setzte einen Ost-Jeansstoff in jedes Hosenbein ein und stickte Blumen darauf, damit sie mir passt. Jetzt fällt der labbrige Ost-Jeansstoff durch die Blumen nicht mehr auf und sie sieht fetzig aus. Blumen auf Kleidung ist »in«. Vor allem hat das nicht jeder. Ich hoffe, Mario sieht das genauso. Er beugt sich zu mir, nimmt meine Hand von der Jeans und zieht mich hoch. Dann tippt er mit den Zeigefinger auf meine Nase und sagt: »Los, komm, Stupsnase.«

Die warme Wolke schwimmt wieder durch meinen Bauch. Sie zieht mich hoch und treibt mich über die weite stopplige Graslandschaft der *Pause*. Hei, ich bin die Frau von Gojko Mitić[9]. Ich reite mit wilder Entschlossenheit und neben mir rennt der Gojko mit wehenden blonden Haaren. (Im Film trägt Gojko natürlich eine schwarze Perücke mit langem Haar.)

Mario holt den Abstand zu René auf und gibt ihm einen kräftigen Schubs. Natürlich geben Jungs das zurück, was sie eingesteckt haben.

---

9 Gojko Mitić ist ein Schauspieler mit enormen Muskeln an den Armen und am Oberkörper. Natürlich ist er immer der Held, wie gerade in seinem neuen Film - Tecumseh. Ich kann mir gut vorstellen, dass das gesamte Filmteam der DEFA lieber im Heimatland des Helden drehen würde, nämlich in Amerika, aber da sie da nicht hindürfen, drehen sie in den Bergen von Jugoslawien oder Rumänien. Der Unterschied ist kaum zu bemerken, jedenfalls nicht von Kino-Zuschauern, die Amerika sowieso nie zu Gesicht bekommen werden.

»Wir haben sie für uns gemacht, für dich, für mich, für Simone und für Nele, du … Fliegenschissgesicht.« Nun landet René im Sand. Geschieht ihm recht, denke ich erst, aber das mit dem Fliegenschissgesicht ist hart. Renés Worte bleiben mir unerklärlich und Marios Entgegnung genauso. Die beiden verhalten sich komisch.

»Hört auf zu streiten und kümmert euch um mich! Was gibt's denn so Geheimnisvolles?«, frage ich und finde diesen Satz im selben Moment frech, aber jetzt ist er heraus.

»Das wird nicht verraten«, meint Mario und reicht René ebenfalls die Hand.

»Freunde?« René schlägt ein. Sie laufen beide vor mir her. Ich vermute, das Geheimnis versteckt sich bei den Brombeerhecken. Zwischen zwei Hecken gibt es dort einen schmalen Durchschlupf, um hinter die Sträucher zu kommen. Sie stehen um eine Sandfläche, auf der nichts weiter wächst. Ich möchte Mario und René überholen und beschleunige mein Tempo. Erst gelingt es mir nicht, dann ziehe ich an Mario vorbei. Er fängt mich ein, bleibt stehen und drückt mich an sich.

»Halt, du darfst dort nicht allein hinlaufen, du könntest einbrechen.«

»Jetzt hast du es verraten, du Idiot«, ruft René.

»Gar nichts habe ich verraten.« Mario hält mich immer noch fest. Sein Mund ist nah an meinem Ohr. Mir bleibt die Luft weg.

»Du musst mir versprechen, nicht die Erste sein zu wollen, ja?«, sagt Mario.

»Klar.« Meine Stimme hat einen mir unbekannten Klang.

»Am besten ist, du bleibst hier stehen, bis wir dich rufen.« Mario winkt René und die beiden verschwinden aus meinem Blickfeld.

Ich warte. Es dauert. Ich setze mich hin. Der Ort ist weit und frei. Außer den Grenzern auf dem Wachturm und Mario, René und mir, gibt es keine Menschen hier. Etwas weiter hinten steht ein großes unbewohntes Haus aus roten Ziegeln. Die dunklen Fenster wirken bedrohlich. Die Brombeerhecke hingegen trägt rote und schwarze Früchte. Ich sehe sie zwischen den grünen Blättern hindurchleuchten und bekomme Appetit, halte aber mein Versprechen und bleibe sitzen. Die Hecke ist hoch und dicht. Wenn ein paar Kinder auf der einen Seite spielen, hört man sie auf der anderen, ohne sie zu sehen. Die dornigen Arme der Brombeeren haken sich gern an allem und jedem fest. Kommt ein kleineres Kind hierher und bleibt in den Hecken hängen, wird es abends vermisst. Das gibt eine gewaltige Aufregung. Selbst wenn die Eltern wüssten, dass das Kind in der Brombeerhecke hängt, könnten sie es nicht holen. Für sie ist es verboten, hierher zu kommen. Die Eltern beauftragen einen Polizisten, der das Kind von den Dornen abpflückt und an sie zurückgibt. Und genau das ist das Gute. Nicht, dass die Kinder in den Hecken hängenbleiben könnten, nein, dass Eltern hier nicht herkommen. Nur Kinder und Polizisten dürfen das Gebiet betreten. So gesehen ist die *Pause* ein Kinderschutzgebiet.

Marios Gesicht taucht im schmalen Heckendurchgang auf. Er winkt mich heran.

»Augen zu«, sagt er. Ich gehorche. Er nimmt meine Hand und führt mich vorsichtig. Mir fällt es schwer, ihm zu vertrauen, ich blinzele dauernd, weil ich Angst habe zu stolpern und zu fallen. Aber Mario sieht das nicht, er schaut selbst genau, wo er hintritt.

»Jetzt den rechten Fuß anheben und über den Zweig steigen«, dirigiert er mich. Es wird heller und ich weiß, dass wir jetzt auf der Sandfläche stehen.

»Augen auf.«

Bisher waren hier nur Sand und ein paar Grasbüschel. Jetzt liegen große Sandbrocken an den Rändern des Platzes, irgendwer hat hier gebaut. Ich weiß nur nicht genau, was und warum. Auf jedem Fall liegen unter der Sandschicht mehrere große Platten, an einer Stelle guckt eine von ihnen heraus. Eine alte Tischplatte müsste das sein.

Wir halten vor einem dunklen großen Loch an, welches in die Erde führt. Von dort her weht feuchte kühle Luft und streicht über mein Gesicht.

»Du stehst vor unserem Meisterwerk, Simone!« René ist stolz wie Bolle[10]. So sagt man hier in Berlin.

Ich weiß ehrlich gesagt nicht genau, was das Meisterwerk ist. Ich sehe nichts außer einem Loch. Mario hat sich geduckt und läuft im Entengang genau dort hinein, er dreht sich um.

»Los, komm.«

Ich gehe in die Hocke und watschle ihm in gleicher Stellung hinterher. Es wird enger und ich krieche auf allen vieren. Nicht lange und der Raum wird größer. Es riecht stärker nach feuchter Erde und es ist stockdunkel. Mario knipst eine kleine Taschenlampe an und hält ihren Kegel auf ein Sofa. Davor steht eine leere umgedrehte Bierkiste aus Holz mit einem Tablett darauf. Drumherum zwei alte Sessel ohne Beine.

»Setz dich hierher. Das ist für unsere Gäste.« Mario zeigt auf das Sofa. Ich richte mich jetzt etwas auf und laufe geduckt, dann lasse ich mich aufs Sofa plumpsen. Mario holt aus einer alten Patronenkiste[11] Kekse hervor und legt sie auf das Tablett. Er zeigt auf eine dickbauchige Teekanne, die über uns hängt. Ich hatte sie zuvor für eine Lampe gehalten. Sie ist mit Draht oberhalb befestigt. Mario holt einen Zahnputzbecher aus der Patronenkiste und gibt ihn mir.

»Halt ihn direkt vor die Kanne. Los, mach schon!«

»Jadoch!«, sage ich.

Mario zieht an einer Schnur. Dadurch neigt sie sich und gießt Flüssigkeit in meinen Becher.

---

10 Bolle ist ein Spitzname für irgendeinen Altberliner Mann. Er kommt in einem Lied vor, in welchem er sich am Pfingstwochenende auf den Weg in die Schönholzer Heide macht, wo er erst seinen jüngsten Sohn im Gewühle verliert, sich deswegen mitten ins Gedränge wirft, sich prügelt, selber geschlagen wird und am Ende nach weiteren Strophen stirbt. Trotzdem hält er die größten Stücke auf sich. Seltsamer Kerl.

11 Holzkiste aus dem letzten Krieg mit einem Vorhängeschloss. Manchmal findet man darin alte Patronenhülsen, die mit funktionstüchtigem Schießpulver gefüllt sind. Achtung: Dicht daneben keine Kerze anzünden, nicht mit dem Hammer draufhauen, am besten wegschmeißen!

»Hier, lass' es dir schmecken.«

»Danke.« Ich schaue mich um.

»Habt ihr das alles selbst gebaut?«, frage ich, »es ist unglaublich.«

Beide plappern los.

»Wir hatten viel Arbeit damit. Erst haben wir mit einem kleineren Schutzbunker angefangen, aber dann kam die Idee, eine größere Höhle zu schippen. Wir haben viel ausprobiert und konstruiert, stimmt's Mario?«

»Ja. Lass sie mal erst kosten!« Er schaut mich an und die Wolke in meinem Bauch ist warm und regnet ein bisschen, denn ich spüre, wie die Blase plötzlich drückt. Gleichzeitig dehnt sich das warme Gefühl immer weiter nach oben aus und wird zu heißem Wasserdampf, der jetzt meinen Kopf erreicht und rot färbt. Hoffentlich sieht das keiner. Da kenne sich einer mit Wolken aus. Ständig verändern sie ihren Aggregatzustand. Ich lächele Mario an und koste von der Flüssigkeit aus dem Zahnputzbecher.

»Himbeersirup, mmh. Das ist mein Lieblingsgetränk.«

Mario dreht sich zu René um. »Siehst du, hab ich dir gesagt.« Er nimmt das Tablett mit den Keksen und reicht es mir. Mit dem ersten Biss in den Keks bemerke ich, wie hungrig ich bin. Während wir die Kekse essen, erzählen Mario und René abwechselnd.

»Erst haben wir von oben alles ausgeschachtet, das hat eine ganze Woche gedauert.«

»Das Material zu besorgen, war nicht einfach, doch dank einer Haushaltsauflösung …«, Mario schaut kurz zu René rüber, »… stand schließlich genügend zur Verfügung. Das Sofa, die Sessel, zwei Tischplatten, jede Menge Pappen und Wellblech staubten wir da ab.«

»Am Ende schaufelten wir den Sand über die Pappen und besserten noch hier und da nach.«

»Ihr habt eine Wohnung gebaut, eine unter der Erde«, sage ich anerkennend.

Marios Augen leuchten im Taschenlampenlicht.

»Mir wird kühl«, sage ich und bin überrascht, dass sich Mario neben mich setzt. Natürlich gefällt es mir. Er zieht seine Jacke aus und legt sie mir über die Schultern. Dabei lässt er den Arm dort liegen. René staunt uns an. Vom Glücksgefühl überrascht bewege ich mich nicht, damit der Arm von Mario auf meiner Schulter bleibt.

Plötzlich zucke ich zusammen, denn mir war, als hätte ich etwas gehört.

»Hat der Kuckuck schon gerufen?«, frage ich erschrocken und löse mich aus Marios Arm.

»Kuckuck? Du meinst den Vogel, der in fremde Nester Eier legt?«, Mario grinst.

»Nein, meinen Vater, er hat eine Pfeife aus Weidenstock. Die klingt wie ein Kuckuck.«

»Moma?« Vom Eingang der Höhle kommt ein dünnes Stimmchen. »Moma, bist du hier?«

Mario erhebt sich und krabbelt zum Eingang. »Los, komm rein, deine Schwester ist hier«, sagt er nach draußen. Das Stimmchen fängt an zu weinen.

»Nein, nein, will nicht gefangen.«

»Wir wollen dich gar nicht fangen. Deine Schwester ist unser Gast, komm schon.«

Ich habe die Stimme sofort erkannt. Es ist Römi. Er sucht mich immer zuerst auf dem Grenzgebiet, weil er selber hier gern hergeht. Ich weiß, dass ich für ihn in Sichtweite sein muss, um ihn zu beruhigen. Also krabbele ich nach vorn zum Ausgang.

»Lass mich mal machen.« Mario lässt mich durch und ich spüre für diesen Moment die Berührung unserer Körper.

Als Römi mich sieht, erhellt sich sofort sein Gesicht. »Moma!«, meint er erleichtert.

»Komm rein, es gibt hier ein Sofa und zwei Sessel. Du kannst neben mir auf dem Sofa sitzen. Es ist richtig gemütlich.«

»Nein, Moma. Wenn das einkracht?«

»Hier kracht nichts ein, das ist eine Höhle. Die haben Mario und René gebaut und die sind richtige Architekten, wie Vater. Da geht nichts kaputt«, beruhige ich ihn. Römi tritt näher, traut der Pappe-Sand-Konstruktion über dem Eingang aber nicht. Woher auch, schließlich hat er nie eine aus Sand gesehen. Wenn er aus Stöcken im Wald eine Höhle baut, dann brauche ich jede Menge Fantasie, um die überhaupt zu erkennen.

»Römi, das ist hier sicher. Los komm rein, wir machen Platz.«

Römi braucht sich nicht ducken. Er ist so klein, dass er bequem eintritt und steht. Er macht große Augen.

»Schau mal, was es hier gibt.« Ich führe ihm die Himbeersirupkanne vor. Er ist schwer beeindruckt und setzt sich neben mich aufs Sofa.

»Haben wir noch Süßes?«, frage ich. Mario reicht mir einen in grünes Papier eingewickelten Hustenbonbon rüber. Römi freut sich, putzt vorsichtig den Sand vom Bonbon, wickelt ihn aus und steckt ihn sich in den Mund.

Ich weiß genau, dass sich Römi mit Süßem immer beruhigen lässt. Ich mich auch. Durch Schokolade, Bonbons, Eis, Kekse oder Himbeersirup lösen sich Steine in den Gedanken oder im Bauch auf. Steine in den Gedanken verursachen eine schwere dunkle Allgemeinstimmung. Ich denke dann ausschließlich an Probleme, die mir das Leben erschweren. Sie begleiten mich über Stunden hinweg. Sie wandern ebenso umher wie Wolken, hängen an den Armen oder beschweren die Füße. Sie ziehen einen immer weiter nach unten, auf das Bett oder die Erde. Weiter hinab geht's ja nicht. Manchmal liegen Steine im Magen. Sie drücken und schmerzen. Aber wie wird man sie los? Ausspucken lassen sie sich nicht, herausoperieren lassen sie sich nicht. Und Steine, die am Körper hängen, sind ebenso unsichtbar, obwohl sie da sind. Doch sie lassen sich mit Süßigkeiten auflösen, manchmal braucht es eine Menge davon. Es fühlt sich wie eine Fütterung an, als seien sie hungrig. Und sie kommen immer wieder.

Jetzt erst sehe ich, dass Römi, während er den Bonbon auswickelt, ein Einkaufsnetz mit unserem Portemonnaie neben sich gelegt hat. Ich ahne, dass wir was zu erledigen hatten. Es lässt sich nicht schwer erraten, was es ist. Sicherheitshalber frage ich. »Warum bist du hergekommen, Römi?«

Er verschluckt sich plötzlich und hustet, seine Augen füllen sich mit Tränen. »Auweia, wir müssen los, Moma, Brot kaufen. Mutti hat in der Küche geschimpft. Vati hat mit dem Kuckuck gepfeift, aber du bist nicht gekommen. Alles alle.«

»Gepfiffen heißt das«, sagt Mario.

»Ich krieg eine gepfiffen, wenn wir kein Brot mehr holen.« Ich krabbele bereits Richtung Ausgang. »Los, Römi, wir müssen uns beeilen.« Ich drehe mich um und ziehe Römi zunächst an der Hand vom Sofa, dann schiebe ich ihn vor mir her zum Ausgang.

»Warum solltest du Ärger bekommen, du wusstest doch nicht, dass du einkaufen sollst?«, sagt Mario und löst sich ebenfalls von seinem beinlosen Sessel.

»Ich hab den Kuckuck nicht gehört.«

Plötzlich bleibt Römi im Eingang stehen und bewegt sich nicht weiter.

»Los Römi, wir wollen alle hier raus. Mach hinne.« Aber Römi steht wie angewurzelt. Ich verrenke mir den Hals, um ihm über die Schulter zu schauen. Dann sehe ich, was er sieht. Vor Schreck pullere ich mir beinahe ein.

Direkt vor dem Höhleneingang steht ein großer Polizist, ein Volkspolizist. Vom Sehen ist er mir bekannt. Es ist der Abschnittsbevollmächtigte[12]. Unsympathischer Typ. Wir haben einen Spitznamen für ihn: Vopo. Vorn ein Polizist, hinten ein Po. Das andere Wort verkneife ich mir. Trotzdem ist Vopo die gängige Abkürzung für Volkspolizist.

---

12 Das ist eine Sorte von Polizisten, die innerhalb von mehreren nahe beieinander liegenden Straßen, einem Abschnitt, auf alle dort wohnenden Menschen aufpassen. Sie kontrollieren auch, wer in die Wohnhäuser im Grenzgebiet zu Besuch kommt.

Mario rückt auf. Ich drehe meinen Kopf leicht nach hinten und flüstere ihm zu. »Dort draußen ist der Vopo, bleibt lieber hier.« Ich spüre, wie er sich langsam ins Höhleninnere zurückzieht, denn seine Körperwärme entfernt sich.

»Ah, da sind wir ja. Jetzt aber raus da!«, ruft Vopo streng. Er winkt ungeduldig mit der Hand wie ein Verkehrspolizist an der Ampel, wenn die Autos nicht schnell genug anfahren. Römi tritt aus dem Höhleneingang und stellt sich vor ihm hin. Er legt seine rechte Hand über die Augen. Die Abendsonne scheint flach und blendet ihn. Römi schaut sich den Volkspolizisten von oben bis unten an, als hätte er nie einen Polizisten in der Realität gesehen. Direkt peinlich ist das. Ich bleibe im Höhleneingang hocken, damit Mario und René mehr Zeit haben, sich zu verstecken.

»Wo kommt ihr her, na?«, fragt der Vopo.

»Aus der Höhle«, antwortet Römi ernst.

»Was habt ihr in der Höhle gemacht?«

»Auf der Couch gesesst«, antwortet Römi wieder.

»So, so. Noch was?«

»Wir haben Sirup getrunkt und einen Bonbon gegesst.«

»So, so. Habt ihr die Höhle gebaut?«

»Nein«, sagt Römi wahrheitsgemäß.

»Und wer hat sie gebaut?«

»Römi, Vorsicht, Spinne!« Ich springe auf ihn zu und wuschele ihm in den Haaren herum. Dabei fällt Sand heraus und Römi in die Augen. Er reibt sie sich mit seinen Fäusten und fängt zu weinen an. »Aua«, winselt er, »das tut weh.«

»Eure Eltern werden sich freuen! Schaut euch mal an, von oben bis unten voller Sand. Wie zwei panierte Schnitzel seht ihr aus.« Ich betrachte mich. Ja, er hat recht. Die Knie sind mit dunkler Sandfarbe eingefärbt, dazwischen gelbe Schlieren, die sich bis hinunter zu den Schienbeinen ziehen. Meine Handflächen gleichen zwei braunen Baggerschaufeln. Ich wische sie an der blauen Jacke ab, bevor ich ein Taschentuch für Römi aus der Hosentasche ziehe. Ein Glück, es ist sauber.

»Komm mal her, Römi, ich bringe das wieder in Ordnung.« Ich tupfe ihm den Sand aus den Augen. »Entschuldigung«, sage ich leise.

»Das war doch die Spinne, nicht du«, schluchzt Römi.

»Eure Namen bitte und die Wohnanschrift. Ich werde mich morgen mit euren Eltern unterhalten. Das wird sie interessieren, was ihr auf dem Grenzgebiet für Unfug treibt.«

»Wir haben nichts gemacht«, verteidigt uns Römi.

»Doch, Unordnung und Höhlenbau.«

»Nein, das waren wir nicht, das waren die beiden Jungs da.«

Doing! Jetzt ist es raus, Mensch, Römi!

»Aha, zwei Jungs. Die wollten wohl besonders klug sein.« Er bückt sich direkt zum Höhleneingang, seine Stimme verändert ihren Ton und wird scharf und gefährlich. »Schluss mit dem Versteckspiel, ihr kommt jetzt sofort aus der Höhle.«

Mario und René sind weder zu hören noch zu sehen. Was für eine gespenstische Stimmung, denke ich, sie scheinen wie verschluckt. Hoffentlich glauben die beiden nicht, dass ich sie verraten habe. Ich habe Mario doch geschützt, ihm gesagt, dass die Polizei vor dem Eingang steht. Er kann mir vertrauen, das muss er doch wissen. Der Vopo, Römi und ich starren auf das dunkle Eingangsloch, doch nichts bewegt sich darin.

Der Vopo geht vorsichtig ein paar Schritte auf die mit Sand bedeckten Pappen zu. In dieser Konstruktion sind sie die Höhlendecke, schützen vor dem Einsturz. Trotzdem weiß ich nicht, wie sicher Mario und René gebaut haben.

Er setzt einen Fuß auf eine der großen Pappen und drückt langsam nach unten. Sie gibt um einige Zentimeter nach. Ich vermute, dass jetzt Sand in die Höhle hineinrieselt, auf Mario und René.

Er wartet einen Moment. In der Höhle bleibt es still. Er schaut sich um und hebt einen festen Sand- oder sogar Lehmbrocken auf, recht groß. Hier liegen einige davon herum. Sie sind von der Ausschachtung übriggeblieben. Er hebt ihn mit beiden Händen hoch und lässt ihn mit ganzer Wucht genau in der Mitte der Höhle zerbersten. Eine Pappe hängt durch und gibt einen kleinen Teil vom Höhleninneren frei. Ich erstarre vor Schreck. Meine Füße lassen sich nicht anheben, mein Mund ist fest verschlossen, die Hände sind zu Fäusten geballt.

Römi hat den Sand im Auge vergessen. Er guckt erschrocken auf die durchhängende Pappe.

»Sind sie jetzt tot?«, flüstert er. Ich antworte nicht, bleibe stumm.

»Soll ich noch einmal nachhelfen oder kommt ihr jetzt von allein raus!«, ruft Vopo in den Eingang. Er hat seinem Spitznamen alle Ehre gemacht.

Mario und René bleiben unsichtbar.

»Nun gut, wie wäre es, wenn ich diesen dicken Holzbalken hier auf die Höhle krachen lasse? Dann macht ihr euch sicherlich in die Hosen.« Er zieht an einem Balken, den irgendjemand in die Brombeeren gewuchtet hat.

»Das dürfen Sie nicht«, sagt Römi plötzlich mit einer glasklaren Stimme. »Sie dürfen keinen ärgern und auch nicht totmachen. Sie sind doch ein Volkspolizist.«

Der Mann hält in seinem Tun inne und guckt ihn belustigt an. Doch Römi fällt etwas ein. Er verschränkt die Arme vor der Brust und steht breitbeinig vor Vopo.

»Tante Petra hat gesagt, du bist unser Freund und Helfer.«

»Was du nicht sagst, du Dreikäsehoch, wer ist denn Tante Petra?«

»Tante Petra ist meine Tante Petra im Kindergarten«, meint Römi.

»Recht hat sie, deine Petra. Wir sorgen für Recht und Ordnung.«

»Tante Petra«, verbessert Römi.

»Tante Petra. Übrigens, Kleiner, so ein bisschen Sand, den die Jungs da unten abbekommen haben, tut ihnen gar nichts. Wer so viel Kraft zum Graben hat, den machen ein paar

Sandklumpen auf die Rübe nichts aus. Wie lang ist denn der Tunnel?«

»Da ist kein Tunnel da«, sagt Römi, »nur ein Sofa im Wohnzimmer und eine Kanne mit Himbeersaft.«

»Aha, wo ein Wohnzimmer ist, ist sicherlich auch ein Keller oder ein Kellergang?«

»Nein«, sagt Römi, »unser Keller ist im Keller, nicht beim Wohnzimmer.«

»Und dort in der Höhle gibt es keinen langen Flur?«, versucht der Polizist, Römi weiter auszuhorchen.

»Einen Flur haben wir auch beim Wohnzimmer«, meint Römi und zeigt auf die Richtung unseres Neubaublockes.

Der Vopo scheint nicht zu bemerken, dass Römi nicht mehr über die Höhle, sondern unsere Wohnung spricht.

»So, und wo führt der hin?«

Römi überlegt angestrengt, denn er bemüht sich, wahrheitsgetreue Auskunft zu geben. Nach einiger Überlegung, die vom Vopo mit fordernden Fußnicken begleitet wird, benennt Römi jeden einzelnen Raum unserer Wohnung, indem er seine Hand öffnet und die Räume an den Fingern aufzählt. »Schlafzimmer, Wohnzimmer, Bad, Küche, Moma Zimmer, mein Zimmer, Tür.«

»Papperlapapp, das will ich gar nicht wissen«, sagt der Vopo. »Gibt es in der Höhle dort einen Flur?«

»Weiß nicht.« Römi ist enttäuscht, weil der Polizist ihn unterbrochen und seine Bemühungen nicht ernstgenommen hat.

»Name und Adresse, aber schnell!«, schnauzt er Römi an, greift in seine Brusttasche und befördert ein Heftchen mit Stift heraus.

»Adresse weiß ich nicht.«

»Ich will wissen, wo dein Bad, Küche und Wohnzimmer undsoweiterundsofort sind?«

»Das ist nicht mein Wohnzimmer, das ist von Mutti und Vati.«

»Meine Güte, der Junge macht mich schwach. Also ganz von vorn ... Wie heißt du?«

»Roman Cerny.«

»Wie schreibt man das?«

»Rom-an Ce-r-ny", sagt Römi langsam, indem er jedes Wort in Silben zu trennen versucht.

»Wie schreibt man das, hab ich gefragt.«

»Ich kann noch nicht schreiben.«

»Komm du mal her«, sagt er zu mir. »Du bist doch seine Schwester?«

»Ja.«

»Wie heißt du?«

»Simone Cerny.«

»Wie schreibt man das?«

»Es, I, Emm, O, Enn, E. Ce, E, Err, Enn, Ypsilon …

»Nicht so schnell, also Simone hab ich, dann Ce …«

»Soll ich Ihnen den Nachnamen aufschreiben?«

»Ja.« Er blättert die Seite um, bevor er mir das Büchlein und den Stift gibt. »Hierhin bitte und die Anschrift auch gleich.« Er pocht mit seinem Zeigefinger auf ein leeres Blatt.

Ich schreibe unsere Namen auf und die Adresse. Bei der Hausnummer bin ich nicht ehrlich, ich setze vor die richtige eine zusätzliche Eins. Einhundertachtzehn, hoffentlich gibt es die in der Ernst-Thälmann-Straße.

»Also ab mit euch.« Er nimmt mir Büchlein und Stift aus der Hand. »Ihr geht jetzt sofort nach Hause. Ich werde hier auf die Herren warten.«

»Moma, wir sollen Brot kaufen«, erinnert Römi.

»Jetzt sind alle Läden längst geschlossen. Hoffentlich empfangen euch eure Eltern gebührlich mit einer Tracht Prügel, was? Los, ab nach Hause.« Der Volkspolizist steckt das Büchlein in die Tasche, reibt sich die Hände und stellt sich vor den Eingang.

Römi und ich schlurfen mit hängenden Schultern nach Hause, über die *Pause,* die jetzt eine graue Einöde ist, auf der trockne Grashalme strubbelig herumstehen. Trübsinnig trotten wir zu unserem Wohnblock. Zwischendurch drehe ich mich um. Was wird mit Mario und René, wenn der Vopo sie jetzt doch erwischt?

Endlich kommen wir am Zaun zum Müllplatz an und klettern hindurch. »Stopp mal, Römi!« Ich reiche Römi meine Hand und bedeute ihm, sich hinzuhocken. Eine Holzlatte lässt sich zur Seite schieben, es ist jene Lücke, durch die wir immer auf das Grenzgebiet gelangen. Durch diese hindurch beobachte ich in der Ferne die Brombeerbüsche. Plötzlich erscheint das helle Haar von Mario.

»Jetzt sind sie aus der Höhle gekommen, Römi. Ich erkenne Mario. Mario spricht mit dem Vopo.« Ich lehne mich weiter vor. »Jetzt kommt René dazu. Sie diskutieren …«

»Müssen Mario und René zur Polizei?«, fragt Römi.

»Ich hoffe nicht.« Meine Augen werden feucht. »Ich habe Angst um Mario.«

»Ist das verboten, eine Höhle zu bauen?«

»Nein. Ich weiß nicht, warum Vopo diesen Aufstand macht. Ich weiß auch nicht, was jetzt mit Mario geschieht.«

Römi streichelt mir die Hand. »Moma, bist du valiebt?«

Ich sehe ihn an, lächle über seine unbeholfene Art und nicke. Inzwischen ist es dunkel geworden. Wir laufen Hand in Hand am stinkenden Müllplatz vorbei, dann die Hausrückseite entlang und steigen die Kellertreppe hinunter, die in das Treppenhaus führt.

»Römi, kein Wort vom Volkspolizisten zu unseren Eltern.«

»Warum?«, fragt er.

»Ich habe eine falsche Hausnummer bei der Adresse angegeben. Wenn wir Glück haben, findet er unsere Wohnung nie. Wir haben doch nichts gemacht!«

»Kein Brot gekauft«, sagt Römi und zieht beide Schultern hoch.

Gewitterwolkenstimmung und Steingefühle

Sie hat einen schrecklichen Geschmack: unangenehmer als dunkelrote Beete aus dem Glas. Sie drückt meine Augen nach unten, ich mag nirgendwo anders hinsehen als nach unten. Sie ist vorhanden und unendlich. Ihre Farbe ist dunkelrotes Unsichtbar. Sie gellt in den Ohren, obwohl keiner spricht. Vertreiben lässt sie sich schwer. Sie hockt wie ein unsichtbares Monster in der Wohnung und lauert auf den geeigneten Moment, sich auf mich zu stürzen. Sie besteht aus dem Schweigen des Strichmundes meiner Mutter und dem So-tun-als-wenn-nichts-wäre-Verhalten meines Vaters. Sie verursacht Ohrfeigen, Ausgeschimpfe oder dass ich weder beachtet noch getröstet werde. Sie kommt immer wieder in regelmäßigen Abständen, alle vierzehn Tage: die Gewitterwolkenstimmung.

Heute war sie schon am Nachmittag da. Der Strichmund saß im Wohnzimmer, mit Stricken beschäftigt. Ich brauchte ihn gar nicht sehen, um zu wissen, dass er da war. Die dunklen Wolken, die meine Mutter aussendete, zogen direkt vom Wohnzimmer her in mein Zimmer.

Deshalb tat es nichts mehr zur Sache, dass Römi und ich ohne Brot und spät am Abend nach Hause kamen. Vater meckerte mit uns und wir bekamen Strafaufgaben. Ich bin zum Schuheputzen abgestellt und Römi wird seine Spielzeugkiste aufräumen.

Römi verriet nichts von der Höhle. Doch plapperte er heraus, dass ich verliebt sei, was mir einen komischen Blick von Vater einbrachte. Das Abendbrot aßen Römi und ich zu zweit in meinem Zimmer. Römi plapperte. Das war tröstlich und die Gewitterwolkenstimmung verschwand für die kurze Zeit.

Jetzt liege ich im Bett. Das Einschlafen fällt mir schwer. Bedrückt schaue ich auf die hell scheinenden Peitschenlampen der Grenzanlage. Wenn ich nur nicht so traurig wäre! Es gibt Gedanken in mir, die mich verzweifeln lassen. Sie sind wieder da. Ich kann mir nicht vorstellen, dass andere Menschen solche Gedanken aushalten.

Ich bin auf der einen Seite der Welt, egal wo. In einem Zimmer oder auf einer Wiese. Oder ich liege im Bett, wie jetzt. Während ich auf der einen Seite der Welt bin, sind alle anderen Menschen auf der anderen Seite. Dazwischen zieht eine unsichtbare Wand dicht vor mir entlang. Sie ist undurchlässig und unendlich und für die anderen nicht zu sehen. Schaue ich nach rechts, reicht sie soweit ich denke, schaue ich nach links, steht sie da und es gibt kein Ende. Auf meiner Seite bin ich völlig allein. Solange ich lebe, solange ich laufe, solange ich denke, egal, was ich tue – ich bin allein auf der einen Seite der Welt. Ich komme nicht hinüber, ich treffe niemanden. Da bin nur ich in der Ausdehnung nach rechts und nach links und vor mir die Wand. Ich finde diese Gedanken dermaßen unerträglich, dass ich jedes Mal in mein Steingefühl versinke. Die Steine beschweren mich. Sie ziehen mich nach unten. Als würde ich Stück für Stück in einen riesigen Ameisenlöwentrichter hineingezogen werden.[13] Auf dem Grund des Trichters ist ein schwarzes Loch. Keiner will dorthin. Da bin ich mir sicher. Auch ich nicht. Was hat dieses Loch mit mir zu tun? Ob es allen Kindern so geht, oder allen Menschen? Ich traue mich nicht, mit irgendjemanden darüber zu reden. Noch nicht einmal, es aufzuschreiben.

Aber ab und zu muss ich schreiben. Ich nehme dafür Zettel. Gestern Nacht waren die Gedanken so fürchterlich, dass sie mich beim Aufschreiben erschreckt haben. Ich habe den Zettel zusammengefaltet, in meiner Briefkassette versteckt und diese abgeschlossen. Ich werde ihn nie wieder lesen. Aber wegschmeißen möchte ich ihn auch nicht. Der Zettel verrät ein schlimmes, großes Geheimnis. Eines, welches es auf

13 Ameisenlöwen sitzen in einem Sandloch und wenn eine Ameise vorbeiläuft, graben sie unten, sodass der Sand wie in einem Trichter nachrieselt. Die Ameise kommt ins Rutschen und fällt dem Räuber direkt ins Maul.

der Welt nicht geben darf. Schon jetzt erinnere ich mich nicht mehr daran.

Es ist besser, wenn ich nichts Aufgeschriebenes in meinem Zimmer herumliegen lasse. Alles, was herumliegt oder im Nachttisch liegt, das liest sich meine Mutter durch. Und das bringt nur Ärger. Sie versteht mich nicht. Sie fragt, warum ich mich so oder anders fühle und was ich mit diesem und jenem gemeint habe. Sie glaubt, sie würde die Fragen geschickt stellen. Schließlich soll ich nicht entdecken, dass sie in meinem Tagebuch herumgeschnüffelt oder sich gefundene Zettel durchgelesen hat. Aber ich merke es! Es ärgert mich, doch es geschieht trotzdem.

Alle meine Familienmitglieder kommen in mein Zimmer, wie es ihnen beliebt. Hier wird Frühstück, Mittag und Abendbrot gegessen. Außerdem wird von dieser Seite der Kachelofen geheizt. Der Ofen ist durch die Wand hindurchgebaut und wärmt auf der anderen Seite Römis Zimmer, aber bei mir ist das Feuerloch. Früh am Morgen schleicht Vater herein und legt Papier, Holz und Kohlen auf, zündet alles an. Es prasselt leise und gemütlich. Eine Viertelstunde später stellt er das Frühstück auf den Tisch und bevor Römi essen kommt, bin ich aufgestanden. Mein Vater verlässt zuerst das Haus, Mutter geht später zur Arbeit. Doch Montag und Freitag ist sie zuhause, ich in der Schule. Da ist für sie genug Zeit, um sich in meinem Zimmer umzusehen. Manchmal würde ich sie gern erschrecken und einen Haufen aus dem dunklen Lehm vom Grenzgebiet, geformt wie Hundekacke, auf den Teppich legen. Dazu ein paar Tropfen Gestank nach faulen Eiern aus dem Chemielabor unseres Klassenlehrers Herrn Arche. Ich glaube, es ist Schwefelwasserstoffsäure, die so ähnlich riecht. Ich stelle mir ihr erschrockenes Gesicht vor, oder wie sie herumbrüllt. Dann fällt ihr ein, dass sie etwas falsch gemacht hat, und sie entschuldigt sich bei mir. Aber ich traue mich das nicht.

Der Zettel fällt mir wieder ein. Ist er in der Briefkassette sicher aufgehoben? Hat meine Mutter einen Schlüssel dazu? Ich stehe auf, hole ihn in den Neonlichtstrahlen der Grenzanlage heraus und stecke ihn zusammengefaltet hinter das Adressenfeld meiner Schulmappe. Keiner wird ihn dort finden. Die Mappe steht in den Ferien meistens unauffällig herum. Am liebsten würde ich sie ja bei meiner Freundin Kerstin lassen.

Aber Kerstin ist schon weggefahren und bleibt bis zum letzten Ferientag mit ihrer Familie auf ihrem Grundstück auf der Insel Usedom. Schade, ich würde jetzt gern mit ihr zusammensein.

Verkohlte Reste

Zehn Uhr. Römi spielt längst im Kindergarten bei seiner Tante Petra. Auf dem Familienesstisch in meinem Zimmer finde ich den Arbeitszettel für heute: Einkaufen, Römi abholen. Geld liegt daneben. Hinzu kommt noch meine Strafarbeit, das Schuheputzen. Dann lege ich los.

Die große Blechschachtel steht im Bad unter dem Hocker. Ich hole sie hervor, öffne sie – Chaos im Schuhschachtelland. Braune, schwarze, weiße und farblose Schuhcremetuben liegen durcheinander, bei einer fehlt der Deckel. Ich finde die Bürste und den mit Schuhcreme verklebten, mittlerweile hart gewordenen Lappen. Es bräuchte mal einen Neuen.

Die Schuhe stehen im Schrank neben der Wohnungstür. Jeder hat dort ein eigenes Fach. Insgesamt komme ich auf acht Paar. Römi hat ein paar Sandalen und ein paar Turnschuhe, die brauche ich nicht zu putzen, über meine eigenen wische ich mit dem Lappen, aber bei Mutter und Vater werde ich sorgfältiger sein.

Ich stelle das kleine Handradio auf die Waschmaschine. Mein Lieblingssender kommt aus dem Westen und heißt RIAS. Weil es dort rockige Musik in englischer Sprache gibt, höre ich ihn gern. Trotzdem nervt ein ständiges Nebengeräusch »Wieohwieohwieoh«. Das wird von einem Störsender verursacht.[14]

Während ich beim dritten Paar Schuhe angelangt bin, kommt ein Lied im Radio, das ich zum ersten Mal höre. Es rüttelt mich aus meiner Putzlethargie. »Your Mama don't

14 Gesendete Musik fliegt über Grenzen und das passt unserem Staat nicht. Die Liedtexte aus dem Westen und insbesondere die Informationen in den Nachrichten, werden in den DDR-Sendern oft genau umgedreht oder gar nicht berichtet. Damit alle so denken, wie der Staat es gerne hätte, hat die Staatssicherheit Antennen aufgebaut, die ständig Geräusche produzieren, um die Musik und die Nachrichten aus dem Westen zu übertönen.

dance and your daddy don't rock and roll ...« Ich verstehe vom Text soviel, dass die Alten dauernd sagen dürfen, wann ein Date zu Ende sein muss, und dass man bei diesem Spielchen immer verliert, nie gewinnt. Es soll davon kommen, weil die Mutter nicht tanzt und der Vater nicht rockt... Schöne Vorstellung, dass die mal ausflippen würden. Ich denke an Mario. Ob wir zusammen jemals ausgehen dürfen? Gern hätte ich das Lied noch einmal angehört, aber es ist vorbei. Vielleicht wird es Freitag Abend in den Radiocharts gesendet, die ich mir wöchentlich leise im Bett anhöre.

Erst gegen ein Uhr bin ich mit den Schuhen fertig und wärme die bereitgestellte Suppe auf. Während ich esse, schaue ich aus dem Fenster zum Grenzgebiet. Gegenüber fährt eine S-Bahn vorbei. Dort sitzen jetzt Westler drin und schauen herüber. Zwischen mir und ihnen steht der Grenzwachturm. Die Brombeerhecken sind von hier aus leider nicht zu erkennen, die Höhle ebenfalls nicht.

Ich wüsste gern, was gestern Abend mit Mario geschehen ist. Während ich über die *Pause* schaue, fallen mir die gestrigen Erlebnisse ein, dass mir Mario die Hand gereicht hat, als ich hinfiel, dass er für uns eine Höhle gebaut hat. Ich spüre seiner Nähe auf dem Sofa hinterher und träume vor mich hin, stelle mir vor, wie ich nach den Ferien mit ihm Hand in Hand zur Dahme schlendere. Wir schauen den Booten hinterher und sind bis in die Abendstunden zusammen. Plötzlich schrecke ich hoch, der Blick auf meine Armbanduhr zeigt, es ist Zeit, um einzukaufen und Römi abzuholen. Die Schulmappe steht vor meinem Bett, ich stoße mit den Füßen daran und denke, sie hierzulassen wäre ein schwerer Fehler: Womöglich ist Mutter vor mir von der Arbeit zurück. Und wenn sie dann mein Versteck entdeckt?

Nachdem ich alle Unterrichtsbücher ausgepackt habe, ist die Mappe geräumig genug für einen Einkauf. Etwas peinlich, aber die Angst, dass der Zettel entdeckt wird, ist stärker.

Ich kaufe ein, stopfe alles in die Mappe und in einen Dederonbeutel[15], den ich immer in einem aus demselben Stoff genähten kleinen Täschchen in der Mappe mit herumtrage.

Römi sitzt auf der Hoftreppe zum Lebensmittelgeschäft. Der Kindergarten schließt direkt an das Lager des Ladens an. Meistens stinkt es dort ähnlich wie im Müllhäuschen. Römi freut sich nicht, dass er abgeholt wird, er schmollt.

»Warum sitzt du hier auf der Stinketreppe, Römi?«

»Tante Petra ist gemein«, sagt er.

»Was hat sie gemacht?«

»Ich habe erst bei den Jungs gespielt, aber seit einer Zeit gemerkt gehabt, die Mädchen sind besser als Jungs und deswegen bin ich in die Mädchenmannschaft gegangt«, sagt er. »Und dann?«

»Hatte ich gewinnt.«

»Und dann?«

»Musste ich zurück zu den Jungs, weil, da hat einer fehlt.«

»Und die haben verloren?«

»Nein.«

»Was war dann, Römi?« Der hat eine lange Leitung, denke ich.

»Dann hat die Kirchturmuhr gebimmelt und wir mussten aufhören«, sagt er empört.

»Ja, na und?«

»Deshalb hatte ich verloren, weil ich jetzt bei den Jungs gewesen war.«

»Römi, wenn du in der Mädchenmannschaft dabei warst, als die gewonnen hat und danach erst übergewechselt bist, bist du eindeutig bei den Gewinnern.«

»Tante Petra hat gesagt, die Mädchen haben gewonnen, die Jungs verloren.«

»Tante Petra kann sich auch mal irren.«

---

15 Dederon ist eine Kunstfaser für Textilien aller Art. Das Wort wurde erfunden vom VEB Chemiefaserkombinat Wilhelm-Pieck und bedeutet »DDR« mit den beiden Buchstaben »on« hintendran. Finde ich komisch, dass es einen Beutel gibt, der nach der DDR benannt ist.

»Kannst du ihr das sagen?« Römi schaut mich bittend an.
»Mh, nur wenn du dich jetzt beeilst.«
»Ja!« Römi strahlt übers ganze Gesicht. Er entdeckt meine Mappe. »Musst du noch zur Schule?«
»Nein.«
»Musst du noch Schularbeiten machen?«
»Ja.«
»Kannst du doch zuhause machen.«
»Ja.«
»Warum hat du denn die Mappe ...«
»Römi, es ist gut jetzt!«
Tante Petra ist mit einer Mutter im Gespräch. Zwar ist es notwendig, Römi bei ihr abzumelden, aber in Gegenwart der anderen Mutter werde ich Römis Problem nicht ansprechen.
»Ich rede morgen mit ihr, Römi.« Er schmollt schon wieder. Ich laufe zu Tante Petra, warte, bis sie mich ansieht, und sage ihr, dass ich Römi abhole. Sie nickt.
Wir kaufen für Römi von meinem Taschengeld ein Eis am Stiel. Das macht ihn wieder froh.
Auf dem Weg erzählt er mir den gesamten Kindergartentag, fast jedes zweite Wort ist Tante Petra. Streicht man Tante Petra weg, ist die Zusammenfassung folgende: Das Schaf am Anger zu füttern war schön, Ringlein-du-musst-wandern ist ein blödes Spiel, er durfte nicht in die Puppenecke und Michaels Papa hat einen neuen Trabbi. Mich interessiert das Grenzgebiet, die Höhle, Mario.
Die Ernst-Thälmann-Straße zieht sich bis zu unserem Häuserblock in die Länge, doch es gibt eine Abkürzung, die von den Garagen aus auf das Grenzgebiet führt. Ich biege ab und wähle diese.
»Römi, lass uns nachsehen, was mit der Höhle ist.«
»Bestimmt eingekracht«, sagt er so dahin.
Ich renne plötzlich los und lass den nach mir rufenden Römi hinter mir. Es geht an den Garagen entlang. Dort steht

kein Zaun, der das Grenzgebiet abtrennen würde. Nach etwa dreihundert Metern riecht es leicht nach Rauch.

Hier ist etwas geschehen. Das spüre ich. Schnell schlüpfe ich durch die Brombeerhecken, reiße mir einige Kratzer in die Beine. Schließlich sehe ich es.

In der Mitte des freien Platzes türmt sich ein verkohlter Berg mit den Resten des Mobiliars aus der Höhle auf. Das ehemalige Sofa starrt mit schwarzen rußigen Spiralen in den Himmel. Seine Polster gibt es nicht mehr, die Sessel sind angekokelt. Die Platten, welche die Höhle bedeckten, sind zertreten und verbogen. Der Bierkistentisch verkohlt, der gesamte Ort einmal umgegraben, der Höhleneingang verschüttet. Das kleine Bauwerk, was ich gestern bestaunt und ins Herz geschlossen habe, gibt es nicht mehr.

»Dein blöder Freund und Helfer war das«, schreie ich Römi an, der jetzt mit großen Augen durch den schmalen Gang zwischen den Brombeeren schaut. Er tritt näher heran.

»Nicht mein Freund, Tante Petras«, sagt Römi und läuft um den nach kaltem Rauch riechenden Berg herum. Er findet etwas, was im Sand liegt und gibt es mir. Es ist der Porzellangriff der dickbauchigen Teekanne, aus der wir Himbeersirup getrunken haben. Wortlos sucht er weiter und findet das Tablett. Er bringt es mir.

»Für Mario«, sagt Römi. Er schaut mich an, Römi hat blaue Augen. Ich denke an Marios Augen.

»Stimmt, Römi, ich gehe jetzt zu Mario.«

»Du darfst ja gar nicht«, antwortet Römi. Selbst die kleinsten Kinder in der Straße wissen, wo sie hindürfen und wo nicht.

»Das ist mir egal.«

Der Polizist

Römi und ich sitzen in unserem Vorkeller. Ich spreche mit Römi alles genau durch.

»Du gehst nicht mit!«, sage ich zum wiederholten Mal zu ihm.

Römi schiebt die Unterlippe vor und ist beleidigt.

»Aber trotzdem brauche ich deine Hilfe, Römi!«, füge ich leise hinzu.

»Na gut«, lenkt er ein. »Was soll ich machen?«

»Du wirst den Dederonbeutel mit dem Einkauf hochtragen.«

»Was ist mit deiner Schulmappe?« Die interessiert ihn wesentlich mehr.

»Die nehme ich mit.« Ich packe ihm den Einkauf daraus in den Beutel.

Römi hebt ihn an. »Der ist zu schwer.«

»Leicht ist er nicht, das stimmt, aber du stellst ihn auf jeder Treppenstufe einmal ab. Dann schaffst du es bis oben. Du bist doch sehr stark, oder?«

»Ja, bin ich.« Römi zeigt seine kleine Muskelbeule am Oberarm.

»Siehst du, du hast Muckis.« Ich prüfe sie anerkennend. »Wenn Mutter fragt, wo ich bin, sagst du, dass es im Gemüseladen Kirschen gibt und ich hätte mich an der Einkaufsschlange hinten angestellt.«

»Kirschen sind Obst«, verbessert er mich.

»Ok, dann gibt es im Obstladen Kirschen. Ist doch jetzt egal, ich bin ja sowieso nicht dort.«

»Bist du doch im Gemüseladen?«, fragt er erstaunt.

»Nein, Römi! Jetzt hör bitte zu. Du *sagst* es nur, damit Mutter denkt, dass ich im Obst- und Gemüseladen bin. Du lügst ein klein wenig. In Wirklichkeit gehe ich zu Mario. Jetzt noch einmal alles der Reihe nach. Erstens: Du fragst Mutter, ob wir Kirschen brauchen. Zweitens: Wenn ja, dann soll sie dir Geld mitgeben. Drittens: Du läufst nicht in den Obstladen, sondern kommst zu Frau Schultz' Haus.«

»Ja.« Römi freut sich. Er mag Frau Schultz.

»Du wartest direkt vor der Tür von Frau Schultz und bewegst dich nicht weg, bis ich wieder da bin.«

»Und wenn Mutti keine Kirschen will?«

»Dann sagst du Mutter, dass du mir Bescheid gibst, damit ich nicht umsonst in der Schlange stehe. Probefrage: Was machst du, wenn Mutter keine Kirschen will?«

»Bescheid sagen.«

»Ja, Römi. Und wo kommst du hin?«

»In den Kirschenladen.«

»Nein, Römi. Du gehst zu Frau Schultz. Egal, ob Mutter Kirschen will oder nicht. Du kommst einfach zu Frau Schultz' Wohnung und stellst dich direkt auf ihren Abtreter.«

»Ja.« Römi schnappt sich den Dederonbeutel und steigt die Treppe hoch. Dabei schleift der Beutel über die Stufen. Eier sind zum Glück nicht drin.

Ich warte, bis Römi im ersten Stock angekommen ist. Plötzlich sehe ich einen Mann vor der Haustür stehen. Durch das Muster der Scheibe lassen sich nur Schemen erkennen, nicht, wer die Person ist. Es könnte mein Vater sein. Ich ziehe mich zurück in den Vorkeller.

Schon summt der Türöffner. Die Haustür wird aufgestoßen und fällt wieder ins Schloss. Die Briefkastenklappe wird geöffnet und geschlossen, der Mann steigt die Treppe nach oben. Ich warte, bis er auf Römi trifft. Römi erzählt aufgeregt was von Moma und Kirschen, also ist es mein Vater. Leise schleiche ich die wenigen Stufen der Kellertreppe hoch, öffne die Haustür und halte sie beim Zuklappen fest, damit sie kein Geräusch beim Einschnappen macht.

Im Nebenhaus nehme ich aus meiner Mappe das Tablett von Mario, um es als Vorwand für mein Klingeln zu benutzen. Meine Mappe stelle ich vor Frau Schultz' Tür ab. Den Hof zwischen Vorder- und Hinterhaus überquere ich schnell.

Hoffentlich sieht mich keiner. Jetzt bin ich auf verbotenem Terrain. Ein Schild im Hauseingang weist darauf hin, dass hier »Unbefugte« nichts zu suchen haben. Ich bin »unbefugt«, ich wohne hier nicht und ich habe keinen Besucherschein. Das Treppenhaus riecht modrig, die Stufen knarren. Zwischen den Etagen gibt es rechts und links kleine Türen. Manchmal steckt ein Schlüssel drin, manchmal nicht. Es sind Außentoiletten. Bei uns im Neubau haben wir alle die Toilette in der Wohnung.

René hatte mir einmal erzählt, dass er und Mario in derselben Etage wohnen, er zeigte in die dritte. Deswegen steige ich bis dort hinauf.

Gleichzeitig mit dem Hören der Stimme des Vopos fängt mein Herz an zu rasen. Hinter der rechten Tür ist er eindeutig zu Besuch.

»Man kann nie wachsam genug sein, das sehe ich auch so.« Darauf antwortet eine andere Männerstimme. Beide stehen scheinbar nahe an der Wohnungstür, denn ihre Worte sind klar zu verstehen. »Wie ich Ihnen bereits versichert habe, bestand bei meinem Sohn keinerlei Republikfluchtgefahr. Er lernt seit der fünften Klasse Russisch, besucht die Juri-Gagarin-Schule. Er absolviert nach dem Abitur drei Jahre Armeedienst und macht seinen Unteroffiziersabschluss. Er wird einen Beruf wählen, in welchem er von unserem Staat gebraucht wird. Er wird dort seinen Mann stehen, genau wie sein Vater.«

»Ja, Sie sagten dies bereits, schön, dass wir übereinstimmen«, meint der Polizist.

»Unsere gut ausgebildeten Ingenieure laufen ja scharenweise weg, um sich eine goldene Nase auf Kosten unseres Staates zu verdienen«, sagt die Männerstimme.

»Also in Scharen, das kann man nicht so sagen. Es sind einzelne Subjekte, die eine Ausnahme bilden und dem Staat den Rücken kehren«, höre ich den Polizisten sagen, aber der andere Mann unterbricht ihn. »Und Land und Leute verraten, ja sogar beschmutzen mit ihrer irrigen Kritik an Partei und Staatsführung. Sie beißen in die Hand, die ihnen gereicht wurde. Aber wie schon gesagt, mein Sohn wird in einem geradlinigen ideologisch sauberen Umfeld großgezogen. Diese Höhle, was ist schon eine Höhle, ein dummer Jungenstreich.«

»Ja, wir sprachen bereits darüber«, äußert sich Vopo.

Ein Schritt knarrt gefährlich nah an der Tür. »Vielleicht möchten Sie noch in das Hausbuch[16] sehen und sich überzeugen, dass alle Besucher der Mieter dieses Hauses ordnungsgemäß und vollständig darin festgehalten sind?«

Bitte sag ja, flehe ich in Gedanken auf der Treppe.

»Ja, das können wir gleich erledigen«, höre ich Vopo sagen, seine Schritte entfernen sich wieder von der Tür.

Die Bedeutung des gestrigen Abends mit dem plötzlichen Erscheinen des Polizisten wird mir jetzt klar. Das Problem ist nicht eine Höhle zum Spielen. Nein, die beiden Jungs werden verdächtigt, dass sie vorhatten, sich unter der gigantisch breiten Grenzanlage durchzugraben und auf der anderen Seite der Mauer wieder herauszukommen. Das geht doch gar nicht! Was denkt sich der dämliche Vopo! Aber so ist es immer, wenn man es mit den 100-Prozentigen[17] zu tun hat. Kaum wird man kreativ und weicht von der Parteilinie ab, wird es kompliziert. Leider sind die polizeilichen und politischen Gedankengänge und Richtlinien nicht immer bekannt. Dann könnte man sie jederzeit geschickt umgehen.

Schnell aber leise gehe ich die Treppen hinunter und überquere, hoffentlich unbeobachtet, den Hof. Die Hintertür zum Vorderhaus hatte ich offengelassen. Im schattigen Hausflur spricht Römi mit einer Frau. Es klappt alles perfekt. Schnell bin ich bei ihnen. Frau Schultz' steht in der weit geöffneten

16 In jedem Haus führt ein Mieter eine Art Gästebuch, in welchem sich diejenigen eintragen, die bei einer Familie übernachten. Das Buch wird vom Abschnittsbevollmächtigten regelmäßig überprüft und mit den Unterlagen bei der Polizei verglichen.

17 Das sind Menschen, die dem Staat dienen und alles so vertreten, wie er es vorgibt.

Tür und hat eine Kittelschürze an, die am Bauch mit Mehl bestäubt ist.

»Ach, da ist sie ja!«, ruft sie, »deine Moma war im Hinterhaus.«

»Moma, wir sollen ein Kilo Kirschen kaufen«, meint Römi.

»Kirschen gibt es? Wo denn?«, freut sich Frau Schultz.

Bevor ich antworte, sagt Römi schon: »Im Kirschenladen.«

»So, im Kirschenladen, Römi. Man kann auch Obstladen dazu sagen.«

»Oder Gemüseladen«, sagt Römi stolz.

Ich befürchte, dass der Vopo jeden Moment seinen Besuch im Hinterhaus beendet und hier entlang kommt. Deshalb sollten Römi und ich so schnell wie möglich von der Bildfläche verschwinden.

»Frau Schultz, ich bringe Ihnen welche mit. Lassen Sie uns kurz rein? Sie können mir dann das Geld heraussuchen.« Ich schiebe Römi direkt auf Frau Schultz' Mehlstaubbauch zu. Sie tritt einen Schritt zur Seite. Das Schuheausziehen fällt diesmal aus. Römi wird von mir gleich weiter ins Wohnzimmer geschubst, wobei ich meinen Zeigefinger auf die Lippen setze und ihn streng ansehe. Aber Frau Schultz ist ebenso darauf bedacht, schnell die Zimmertür hinter mir zu schließen, bevor jemand von der Haustür aus in ihr Wohnzimmer gucken kann.

Oh, was ist das! Frau Schultz' Wände haben sich aber verändert! Überall an den Wänden hängen Gemälde mit Pferden darauf. Römi und ich stehen wie angewurzelt und schauen. Einzelne Pferde, Pferde am Waldrand, Pferde im Galopp, zwei Pferdeköpfe, die sich zueinander neigen, als hätten sie sich lieb, eine Stute mit Fohlen und einer Frau, die sie füttert, ein springendes Pferd, ein Pferd mit einem Hund, grasende Pferde und Pferdeporträts.

»Ist das schön.« Ich bin überwältigt.

Römi zählt die Bilder, er kommt bis dreizehn, dann ist sein Zahlenwissen erschöpft.

Von draußen ist die Stimme des Vopos zu hören, der Frau Schultz grüßt.

»Ist was passiert?«, fragt sie neugierig.

»Nein, Bürgerin, alles in Ordnung«, antwortet der Polizist.

»Na, das beruhigt mich.« Kurz darauf schnarrt ihre Klingel. Ich höre, wie Frau Schultz wieder die Tür öffnet und sich bedankt. Sie kommt ins Wohnzimmer – mit meiner Schulmappe. Mist, die hatte ich auf dem Abtreter stehen lassen.

»Dankeschön, Frau Schultz.«

Ich bin in einem einzigen Schlamassel gelandet. Ich fühle mich mies, weil ich lüge. Besonders aber, weil ich Frau Schultz angelogen habe. Einmal hat Mutter zu mir gesagt, ich sei unberechenbar. Das Wort hört sich genauso mies an, wie ich mich fühle. Ich habe erst herumfragen müssen, was es bedeutet. Doch als ich den Sinn des Wortes verstand, fand ich, dass sich meine Mutter im Wortesystem vergriffen hat. Es bedeutet: Die Handlungen dieses Menschen sind nicht vorauszusehen. Ich kann aber nichts dafür. Wenn ich beispielsweise auf das Grenzgebiet gehe, habe ich vor, dort zu spielen, das ist berechenbar. Passiert dort etwas Unvorhergesehenes, zum Beispiel, ein paar Jungs haben eine Höhle gebaut, weiß ich das vorher nicht. Dass ein Volkspolizist die für einen Fluchttunnel hält, das ahnt keiner. Wie soll ich berechnen, was geschieht, wenn ich selbst nicht weiß, was geschehen wird?

Römi interessieren die Pferde nicht lange, er steht vor den Wellensittichen. »Frau Schultz, deine Vögel haben wieder Masern!«, sagt er zu ihr.

»Ach was, das können Vögel nicht bekommen.« Frau Schultz lacht hell und fröhlich. Sie findet Römi immer besonders süß.

»Doch. Denen fällt das Fell aus. Das liegt dann wieder auf unserem Essen«, meint Römi.

»Ach, du meinst, sie mausern[18] sich, ja, das stimmt.« Frau Schultz geht zu Hansi und Bubi und schaut zusammen mit

18 Wie ein Baum jährlich seine Blätter verliert, verlieren die Wellensittiche ihre Federn und werden aber nicht kahl dabei, weil die neuen gleich nachwachsen.

Römi in den Käfig hinein. Überall liegen die Federn auf dem Boden.

»Du darfst ihnen nachher ein wenig Pulver als Medizin unter das Essen mischen.« Sie tritt zum Buffet. »Möchtet ihr ein Stück Kuchen?«, fragt sie und öffnet schon die Glastüren, um unsere Lieblingssammeltassen herauszuholen. Außerdem stehen dort die Schnapsgläser mit dem Kleingeld. Sie legt mir für die Kirschen etwas davon auf den Tisch.

»Ich will einen Kuchen mit einem Geldstück«, meint Römi. Frau Schultz legt ihm einen Groschen hin. »Für den Fall, dass in deinem Stück Kuchen keine Linse oder Erbse zu finden ist.« Sie zwinkert mit den Augen.

»Wo haben Sie diese schönen Bilder her?«, frage ich.

»Die bewahre ich für einen Freund auf. Er ist Maler und im Moment in einer misslichen Lage«, sagt Frau Schultz.

»Bleiben die Bilder für immer hier in Ihrer Wohnung?«

»Nein, nur bis sie abgeholt werden.«

»Wollen Sie die nicht selbst kaufen?«

»Sie sind unverkäuflich, und außerdem sehr teuer. Ich gehe Muckefuck[19] kochen«, sagt Frau Schultz und schließt hinter sich die Tür.

Ich setze mich auf das Sofa und schaue mir die Gemälde an. Dort zum Beispiel grast ein Pferd, während Nebel aus den Wiesen steigt. Daneben rasen vier Pferde im Galopp auf den Maler zu, ich sehe ihre Muskeln auf der Brust und wie die Beine in der Kurve leicht seitwärts gebeugt sind. Wenn ich dieses Bild betrachte, bekomme ich Lust auf Rennen. Die zwei Pferde, die ihre Hälse gegeneinander reiben und sich was ins Ohr zu flüstern scheinen, erinnern mich an gestern, an mich und Mario.

»Eierkopp«, flötet Römi. Er versucht, den Vögeln Sprechen beizubringen. Aber der eine Wellensittich redet mit seinem Spiegel, der andere mit einem Plastikvogel. Ich gehe zu

19 Muckefuck ist Kinderkaffee, der aus einem Getreide, welches Gerste heißt, hergestellt wird und kein Koffein enthält. Den Namen finde ich witzig.

Frau Schultz in die Küche. Sie setzt den Wasserkessel auf den Gasherd.

»Na, Simone, gefallen dir die Bilder?«, fragt sie mich.

»Ja, sehr. Ich würde sie gerne abzeichnen.«

»Eine ganz vorzügliche Idee. Am Sonnabend?«

»Wir fahren übermorgen in den Urlaub. Sind die Pferde danach noch da?«

»Ja, sicher.« Frau Schultz macht eine kleine Pause. »Was wolltest du im Hinterhaus? Du weißt, dass das zum Grenzgebiet gehört?«

»Ja, weiß ich. Es war eine eher persönliche Angelegenheit«, antworte ich ihr.

»So, das ist seltsam.«

»Was?«

»Dass du kurz nachdem der Block-Polizist kommt, das Haus betrittst. Hast du gehört, was er da wollte?« Frau Schultz zählt dabei die Teelöffel mit Muckefuck, die sie in die Kanne schüttet. Ich schweige. »Vielleicht ist wieder jemand rübergemacht«, sagt sie.

Ich möchte sie nicht ein weiteres Mal anlügen. »Ich hab was gehört.«

»So? Was denn?«

»Der Vopo war im dritten Stock.«

»Bei dem Kleinschmitt oder bei Petersdorf?«

»Bei Mario.«

»Dann war er bei Kleinschmitts. Der Vater ist ein unangenehmer Mensch. Er führt das Hausbuch und schnüffelt herum, welchen Besuch man bekommt.«

»Aber Mario ist nett.«

Frau Schultz schaut mich an. »Ja, das ist er. Sehr freundlich und ruhig, eher wie seine Mutter. Hat Mario was angestellt?«, fragt sie mich.

»Er hat eine Höhle auf dem Grenzgebiet gegraben, zusammen mit René.« Ich merke, wie mir langsam Tränen in die

Augen steigen. Gestern, da war alles so schön, da hatte ich Mario in der Nähe. Und jetzt ist alles anders.

»Das ist doch nichts Falsches, Kindchen.«

»Nein, aber der Vopo denkt, Mario wollte sich in den Westen graben. Der Vopo hat alles zertrampelt, zerstört und sogar verbrannt. Das Sofa, die Sessel, die Kanne, ich hab nur noch das Tablett gefunden. Ich wollte es Mario bringen und mit ihm sprechen.«

Frau Schultz streicht mir über die Haare, nimmt mich in die Arme. Das ist ungewohnt für mich. »Nee, lassen Sie mal, so schlimm ist das auch wieder nicht«, wehre ich sie ab und drehe mich weg.

»Ein Polizist zerstört einen Ort, den sich Kinder selbst gebaut haben. Und du nennst das nicht schlimm?« Frau Schultz stellt den Teekessel mit dem kochenden Wasser zurück auf den Herd und schaut mich an.

»Doch. Aber viel schlimmer finde ich, dass ich nicht weiß, ob der Vopo Mario und René mitgenommen hat. Und viel schlimmer finde ich, wie er zu uns war, dass er so gefährlich war. Er hat Erdklumpen auf die Höhle geworfen, als beide noch drinnen waren. Es hätte ihnen doch was passieren können.«

»Das hat dieser sogenannte Volkspolizist gemacht?«, fragt Frau Schultz.

»Der wollte sogar noch mehr draufwerfen, Römi hat ihn mit seiner Tante Petra abgelenkt und davon abgehalten.«

»Ich nenne das Schikane gegen Kinder, jawohl. Und genau das werde ich diesem Herrn auch sagen, wenn er das nächste Mal kommt, um mich daran zu erinnern, dass ich meinen Besuch in das Hausbuch eintragen soll. Das geht ihn einen Dreck an, wer mich besucht. Aber es geht alle was an, wenn die Staatspolizei ihre Befugnisse überschreitet und Kinder terrorisiert. Wie alt bist du jetzt?«

»Bald dreizehn.«

»Eine Bald-Dreizehnjährige und ein Fünfjähriger müssen sich gegen einen Polizisten behaupten, der darüber hinaus zwei Jungs in Lebensgefahr oder zumindest in Verletzungsgefahr bringt. Erzähl mir nicht, dass das normal sein soll«, sagt sie.

»Ich dachte, das wäre ein Gesetz?«

»Was wäre ein Gesetz? Kinder zu terrorisieren?«

»Nein, dass man auf dem Grenzgebiet nicht buddeln darf, aber keiner hat es gewusst«, sage ich kleinlaut.

»Ich kenne dieses Gesetz nicht und überhaupt, wer macht die Gesetze?«

»Der Staat?«, frage ich zögernd.

»Nein, wir machen sie, so heißt es: das Volk. Alle Einwohner ab achtzehn Jahren wählen Vertreter für die Volkskammer und diese erlässt die Gesetze. Aber so ein Gesetz kenne ich nicht. Buddeln verboten, oder was?«

»Ich weiß immer noch nicht, was mit Mario ist«, unterbreche ich Frau Schultz.

»Ich werde es herausbekommen«, versichert sie mir.

Sie holt aus ihrem Schrank unter dem Küchenfenster eine Schale Kirschen hervor und beginnt sie zu entsteinen.

»Willst du auch welche?«

»J..a«

»Nimm die Schale mit hinein, was ihr davon übrig lasst, kann ich immer noch in den Kuchen machen.« Frau Schultz geht voran mit einem Teller voller Kuchenstücken und der Kanne. Ich folge hinterdrein mit der Schale Kirschen.

Römi lässt sofort von Bubi und Hansi ab und setzt sich an den Tisch. »Bubi kann schon sprechen«, behauptet er. »Ich verstehe ihn aber nicht, er nuschelt.«

»Spricht er wenigstens das Wort nach, was du ihm seit einiger Zeit beibringst?«, fragt Frau Schultz.

Römi macht eine Papageienstimme nach. »Eierkopp, du Eierkopp.« Er lacht. »Ja, das kann er.«

»Gut, dann werde ich ihn dazu bringen, es zu rufen, wenn dieser Block-Polizist wieder vor meiner Tür steht«, meint Frau Schultz.

Sie legt uns Kuchen auf die Teller. Römi ist nachdenklich geworden. Vorsichtig rückt er mit seinen Gedanken heraus. »Ich weiß nicht, Frau Schultz. Sperrt er dich dann nicht ein?«

»Iwo, das sagt doch mein Vogel, nicht ich. Ich denke es nur.«

»Ja, das stimmt«, sagt Römi lachend.

Mich interessiert, woher die Kirschen sind. Vielleicht verwandele ich meine Lüge doch in Wahrheit. »Frau Schultz, wo haben Sie die Kirschen gekauft?«

»In der Friedrichstraße.«

»Ob es da jetzt noch welche gibt?«

»Sicherlich, nur wirst du nicht dorthin kommen?«

»Doch, wenn ich jetzt losfahre, schaffe ich es.«

»Nein, dorthin kannst du nicht fahren. Es ist der Teil der Friedrichstraße, der in Westberlin liegt.«

»Sie waren heute in Westberlin?«

»Ja, wir Rentner dürfen ja.«

»Das ist dumm.« Ich werde auf meiner Lüge sitzenbleiben. »Hier sind die Kirschen bestimmt schon alle«, setze ich hintenan.

»Oder es gab nie welche«, meint Frau Schultz.

Ich schaue sie mit großen Augen an, schweige. Der Kuchen schmeckt plötzlich nicht mehr.

Frau Schultz steht etwas mühsam auf und geht raus. Ich schäme mich in Grund und Boden. Sie kommt wieder rein und stellt eine gefüllte Papiertüte auf den Tisch, aus der oben ein paar Kirschen herausschauen.

»Ich wollte euch sowieso etwas mitbringen, nehmt sie mit!«

»Danke, Frau Schultz.« Ich halte den Kopf gesenkt, mir ist es peinlich. Vielleicht bin ich doch alles das, was meine Mutter über mich sagt.

Das Heißer-Wind-Gefühl

Die Tüte Kirschen von Frau Schultz hat Mutters Stimmung angehoben. Wie ein Hochdruckgebiet, welches die Sonnenstrahlen in unsere 53-Quadratmeter-Wohnung scheinen lässt. Sie scherzt und ist fröhlich. Wir sitzen am Abendbrottisch. Römi neben Mutter, ich neben Vater.

Römi möchte zu der allgemeinen Hochstimmung etwas beitragen und sich wichtigmachen. »In der Nacht ist Feuer gestiftet worden«, sagt er total altklug und schaut mich verschwörerisch an. »Zuerst hat jemand was zertrampelt und kaputt gemacht und dann noch alles verbrannt.«

Mutter verwuschelt ihm den Haarschopf. »Brandstiftung heißt das.« Sie wendet sich Vater zu und fragt ihn: »Ist wieder jemand abgehauen und sie haben Leuchtkugeln abgeschossen?«

»Nicht, dass ich wüsste«, sagt der.

»Hast du das nicht auch gehört, Moma?«, fragt mich Römi.

»Was redest du für doofes Zeug, Römi.« Mit den Augen durchbohre ich ihn. »Ich hab zwar einen Haufen Zeug gehört, aber sowas kann man nicht von draußen hören.«

»So?« Meine Mutter schaut mich fragend an. »Was hast du denn gehört?«

Vater mischt sich ein. »Was soll Simone schon hören, wenn sie schläft. Vielleicht ihr eigenes Schnarchen?« Er guckt mich von der Seite an.

»Ich konnte nicht einschlafen«, erwidere ich.

»Erzähl mal«, sagt meine Mutter und ihre Stimme klingt weich und warm. Sie wird jetzt zuhören und mich verstehen, denke ich. Danach kommt sie an mein Bett und fragt mich über den Tag aus. Und ich erzähle ihr meine Sorgen. Sie streichelt mich und ich fühle mich verstanden. Ich würde ihr sogar von dieser unsichtbaren Wand erzählen. In solche Hoffnung gehüllt, taste ich mich mit ersten Worten vor.

»Erst wusste ich nicht genau, ob ich wach bin. Ich dachte, ich schlafe. Aber später merkte ich, dass ich wirklich wach war. Das Licht von der Grenze schien in das Zimmer hinein. Ich hatte das Gefühl, dass gerade eben noch jemand dagewesen ist.« Ich schaue kurz hoch zu Vater, der stochert im Essen rum. »Doch im Zimmer war keiner. Die Küchentür schlug leise gegen den Rahmen, jemand war auf der Toilette, das Licht brannte noch. Ein Hund bellte ganz weit weg, mehrere S-Bahnen fuhren vorbei und das Licht der Grenzanlage brummte regelmäßig.«

»Wer soll in deinem Zimmer gewesen sein?«, fragt Vater.

»Weiß ich nicht.«

»Römi, erschreck die Simone nicht in der Nacht, hörst du?«, meint er und findet sich witzig.

»War ich nicht«, wehrt sich Römi empört.

»Ach Simone, du bist einfach übersensibel, immer ein wenig übertrieben. Du hörst die Flöhe husten«, meint Mutter und lacht.

Römi macht einen hustenden Floh nach und lacht über sich selbst. Mutter grinst und wuschelt ihm über den Kopf.

»Vielleicht solltest du abends nicht so viel lesen, dann geht's dir auch besser«, gibt Vater zu allem Überfluss hinzu.

Das, was in mir hochkommt, ist nicht das Steingefühl - ich nenne es Heißer-Wind-Gefühl. Es ist glühend heiß, es bewegt sich rasend schnell, es ist zerstörerisch. Ich spüre, wie der »Heiße Wind« in mir anfängt zu sausen. Römi hustet immer noch wie ein Floh. Ich hasse Römi. Wieso begreift er nicht, dass ich etwas über mich erzählen möchte, es aber nicht herausbringe. Etwas, was ich nicht verstehe. Etwas, was sich wiederholt. Ich werde diese seltsamen Gedanken ab heute tief in mir verstecken. Ich werde sie in Konservengläser füllen und verschließen. In meinem eigenen Fantasiekeller baue ich ein Regal mit konservierten, unangenehmen Gedanken und allen beschissenen Gefühlen. Irgendwann werde ich die Gläser öffnen und mir alle genau anhören oder ansehen. Oder sie bleiben für immer dort, wo sie sind und alles, was darin verschlossen ist, taucht am besten nie wieder auf.

Der heiße Wind braust.

Ich sehe meine volle Tasse Tee vor mir. Ich überlege nur einen kurzen Augenblick und entlasse den Wind. Ich nehme blitzschnell die Tasse und schütte Römi den Tee mitten ins Gesicht. Römi sieht mich hilflos an. Über seine Augen läuft der Tee, der Mund steht offen vor Verwunderung. Er tut mir sofort leid. Aber der heiße Wind stürmt weiter in mir. Er heult nach mehr, nach dem Geschirr, was ich auf den Boden werfen soll, er sucht sich bereits welches aus.

Mutter schreit laut: »Das wirst du nicht tun.« Sie breitet die Hände über den Abendbrottisch aus. Ich springe auf und renne ins Bad. Ich schmeiße die Tür hinter mir zu und schließe ab. Der heiße Wind in mir reißt alle Handtücher vom Haken und wirft sie auf die Erde, später kommen die Zahnputzbecher dran. Sie poltern in die Badewanne. Sie sind aus weichem Plaste und bleiben ganz. Ein zweites Mal werfe ich sie hinein und bin schon etwas beruhigt, ein drittes Mal Gepoltere lässt den heißen Wind verschwinden.

Ich vermag ihn so zu steuern, dass er nicht viel zerstört. Manchmal reichen laute Geräusche und er sieht, was er angerichtet hat. Er lässt unversehens nach und wird still. Aber ich finde danach trotzdem alles schrecklich.

Es ist zum Verzweifeln! Warum wohne ich hier? Kann mich nicht jemand abholen? Ich gehöre doch gar nicht hierher! Warum muss ich hierbleiben? Alles andere wäre besser. Ich könnte in ein Kinderheim gehen. Ich würde meinen Rucksack packen und losgehen. Oder, ich lebe dort in den Wäldern, wo wir immer in den Urlaub hinfahren. Dort kenne ich mich aus. Ich würde ein Baumhaus bauen und von den Beeren aus dem Wald leben. Das Personal aus dem FDGB-Heim lässt mir Essen übrig. Oder ich koche für die Gäste und putze Zimmer.

Ich bin fleißig. Im Sommer kommen Römi und meine Eltern, um ihren Urlaub im Heim zu verbringen. Natürlich sind sie todtraurig, weil ich verlorengegangen bin. Sie erzählen der Heimleiterin, dass ich weg bin, weil sie nach mir fragt. Sie beichten ihr, dass sie ungerecht zu mir waren. Und sie bedauern, dass ich nie mehr nach Hause komme. Ich gehe nicht mehr zurück, niemals. Eines Tages bemerken sie, dass ich im Heim putze. Sie werden kleinlaut und schämen sich, denn ich bin beliebt im Heim. Sie beobachten das und wollen mich jetzt unbedingt wiederhaben. Die Heimleiterin verlangt von ihnen das Versprechen, mich anders zu behandeln. Und dann wird alles gut.

Es klopft leise. »Lässt du mich rein?«, fragt Mutter. Ich schließe zögernd die Tür auf, setze mich auf den Badewannenrand mit Blick auf die Zahnputzbecher in der Wanne.

Sie kommt rein, hebt die Handtücher auf, hängt sie an die dafür vorgesehenen Haken und setzt sich auf den geschlossenen Toilettendeckel. Sie schweigt. Ich schaue sie kurz von der Seite an. Ihr nach oben gesteckter Dutt wirkt immer perfekt, ob es morgens oder abends ist. Ihr Haar schimmert rötlich. Nach einer kleinen Pause sagt sie: »Ich hab es nicht so gemeint, Simone.«

»Ihr habt alle drei über mich gelacht.«

»Ja, aber es ist doch kein Grund, so zu wüten«, sagt sie etwas vorwurfsvoll.

»Ist ja nichts kaputtgegangen.«

»Römi hat sich ganz schön erschrocken.«

»Tut mir leid.«

»Papa und ich, wir tun dir nicht leid?«, fragt Mutter.

»Ich weiß nicht, irgendwie nicht, ihr seid doch die Erwachsenen.«

Mutter macht eine Pause und fängt erneut an: »Sieh mal. Du bist schon groß, da darf einen so etwas nicht aufregen.«

Ich bin leer und enttäuscht. Warum fragt sie nicht nach mir, wie ich mich jetzt fühle? Ich hätte so gerne mal … ich meine … ach, was soll´s. Ich sinke in mich zusammen. Das war kein guter Tag.

»Komm, setz dich mal her«, sagt sie und zeigt mit dem Kopf auf den Stuhl vor dem Spiegel. Ich setze mich darauf. Sie steht auf und stellt sich hinter mich. Sie hebt meinen Zopf hoch und wiegt ihn in der Hand. Sie rollt den Gummi aus dem Ende des Zopfes, macht die Flechten auf und kämmt mich. Das fühlt sich angenehm an.

Ich frisiere Mutter oft vor dem Fernseher. Sie mag das, weil ihre Kopfhaut dann nicht mehr juckt von den vielen Schuppen. Ich schabe die mit einem Kamm ab, an manchen Stellen sind sie sogar einige Millimeter groß. Sie fallen aus ihren Haaren auf das Handtuch wie Schnee. Fernsehen kann ich auch dabei, ist praktisch.

»So schöne Haare hast du, sie sind so weich«, sagt Mutter.

Sie fasst die Haare am Ende zusammen, knotet ein weißes Haarband hinein und legt sie nach innen um. Die Enden des Bandes verknüpft sie am Scheitel zu einer Schleife. Meine Haare sehen jetzt so aus, als wären sie um die Hälfte kürzer. Ich sehe mich im Spiegel und sie dahinter. Ihr schwarzer Lidstrich unterstreicht die katzenartige ovale Form ihrer Augen.

»Schau mal, wie schön das aussieht«, sagt Mutter. »Wollen wir dir morgen die Haare schneiden? Das ist auch praktischer, im Sommer kürzere Haare zu haben.«

»Weiß nicht.« Wenn Mario mich mit der Frisur schöner findet, dann wäre es ok. »Meinst du?«

»Die Frisur steht dir ausgezeichnet«, sagt sie. »Frag doch mal Papa.«

»Der ist doch sauer auf mich.«

»Ach, du und dein Papa, ihr versteht euch doch immer gut.«

»Mmh.«

»Er sitzt mit Römi sicherlich schon im Wohnzimmer vor dem Fernseher.«

»Na gut«, sage ich und gehe mit der Schleife im Haar in das Wohnzimmer.

»Vater? Wie findest du das?« Er sieht mich an und lobt meine Frisur.

Römi sieht mich gar nicht an, er guckt in die Glotze.

»Mama will mir die Haare so kurz schneiden«, ich zeige die geplante Länge.

Das macht ihn plötzlich mobil. »Warum denn das? Es reicht doch, wenn du dir eine Frisur machst, man muss die Haare doch nicht abschneiden.« Ich drehe mich um und geh zurück zu Mutter.

»Er will es nicht, dass die Haare abgeschnitten werden«, überbringe ich ihr die Nachricht. Ich schaue mich im Spiegelbild an und komme mir fremd vor. Ob es Mario besser findet? Weiß nicht.

»Ach papperlapapp, der hat keine Ahnung von Mode und schönen Dingen. Wir machen es morgen nach dem Haarewaschen«, sagt sie. »Es ist zwar noch viel vorzubereiten für den Urlaub, aber das schaffen wir schon.«

»Ja.«

»Sag mal, Simone, meinst du, dass Papa und ich eine gute Ehe führen?«

Will sie wirklich eine Antwort auf diese Frage haben? Was weiß ich denn, was eine gute Ehe ist, ich führe doch keine.

Mutter lässt nicht locker. »Immerhin streiten wir uns nie.«

»Das ja«, sage ich.

»Und was dann? Was ist sonst falsch?«

»Keine Ahnung, ohne Streit ist schon gut, vielleicht solltet ihr mal allein wegfahren«, murmele ich.

»Warum sollten wir?«

»Keine Ahnung, ist mir nur so eingefallen.«

»Und wer holt Römi ab und macht den Haushalt?«

»Kann ich machen. Mach ich ja sowieso schon«, sage ich.

»Das ist doch keine Beschwerde, oder?« Mutter lächelt mich im Spiegel an.

»Nein, natürlich nicht, du arbeitest und hast wenig Zeit«, füge ich schnell hinzu. Mir gefällt das Gespräch gar nicht. Was will sie?

»Du bist also der Meinung, ich und Papa sollten mal miteinander verreisen ... und dann fändest du, würden wir eine gute Ehe haben?«

Ich hab doch keine Ahnung. Das ist doch nicht mein Problem, oder? Ich bin verliebt und ich würde gerne mit Mario allein sein.

»Ihr könntet doch mal was allein machen, aber wenn Vater dich nicht einlädt, ist das natürlich doof«, sage ich.

Mutter lacht.

Warum lachen sie heute über mich. Sind die blöd? Der heiße Wind regt sich.

»Deinen schüchternen Papa muss man selbst einladen«, sagt sie. Und dann plaudert sie weiter: »Aber ich finde, das muss schon der Mann machen, wenn er einen liebt. Ich wünsche mir, dass er einfach heimlich was bucht. In Polen zum Beispiel, und mich damit überrascht.« Plötzlich wird sie heiter, sie stemmt die Hand in die Hüfte, wiegt sich, nimmt den rechten Arm nach oben, dreht die Hand geschmeidig und singt fanfarenartig: »Theo, wir fahrn nach Lodz, Theo, wir fahrn nach Lodz, steh auf du altes Murmeltier, bevor ich die Geduld verlier, Theo wir fahrn nach Lodz.« Dabei tanzt sie einmal um sich herum. Ich staune, ich hab sie so nie gesehen. »Ach, die Vicky Leandros, die kann das, aber ich, ich hab zu wenig Selbstvertrauen, glaube ich. Ich war mal in einen jungen Mann verliebt, wir haben beide in einem Chor gesungen. Unsterblich verliebt war ich. Vielleicht fändest du, dass er nicht gut aussah, aber ich war verliebt ...«

Mir ist das so peinlich. Ist sie jetzt nicht in Vater verliebt oder was? Und was heißt, dass er schüchtern ist? Bestimmt kommt sie gleich auf die Flucht zu sprechen ...

»Wir kamen in Deutschland an und hatten nichts, gar nichts. Da baut sich kein gutes Selbstwertgefühl auf, überall war man nur das Flüchtlingskind aus Königsberg.«

»Wo liegt Königsberg, Mutter?«

»Das liegt jetzt in der Sowjetunion, früher war das Deutschland.«

»Und Lodz?«

»Das liegt in Polen.«

»Wo möchtest du lieber hin, in die Sowjetunion oder nach Polen?«

»Nach Lodz.«

»Wir könnten doch alle zusammen dahin fahren«, schlage ich vor.

Sie schaut mich komisch an, etwas forschend, dann meint sie: »Ich schneide dir morgen eine schöne Frisur, wirst sehen.«

»Ja.« Ich räume die Zahnputzbecher aus der Badewanne, während sie die Haarbürsten einsortiert und das Waschbecken auswischt. Ich gehe in mein Zimmer.

Der Abendbrottisch ist abgeräumt. Ich lege die Tagesdecke zusammen, hole meine Bettdecke und das Laken aus dem Bettkasten, breite beides aus, das Kopfkissen dazu. Die Bettkastenklappe hält nur, wenn sie mit Rums rangedonnert wird, sonst bleibt sie nicht zu.

Mit offenen Augen liege ich im Bett. In manchen Nächten entfernt sich der Schlaf. Je mehr ich ihn herbeisehne, desto weiter verkriecht er sich. Wohin nur? Ich horche auf jedes kleinste Geräusch in der Wohnung: Ein Wispern, ein Knistern, ein Summen einer Mücke, die Schritte zur Toilette, das Anschalten des Kühlschranks, war das ein vorsichtiges Öffnen einer Tür? Ich habe meine Ohren überall, ich bin ein Ohr. Trotzdem rücken die Geräusche nach und nach in den Hintergrund und Bilder dringen in mich ein. Sie lösen sich von den Dingen und Möbeln meines Zimmers und bedrängen mich. Sie fließen direkt vor mir zu einem Schatten zusammen, einem bedrohlichen Schatten. Er verlangt etwas von mir, ich weiß aber nicht was. Groß wie ein Turm steht er vor mir, schrumpft wieder, bleibt dicht neben mir, sitzt direkt auf meiner Brust und drückt sie mir langsam zusammen, immer größer wird der Druck. Gleich knackt der Brustkorb und gibt nach. Ich röchele, schnappe nach Luft und wache auf.

Angst schmeckt nach Eisen. Sie ist hart wie Eisen. Eisen ist ausgesprochen erbarmungslos zu Menschen. Beispielsweise klebt die Zunge im Winter an einer eisernen Laterne fest. Das weiß ich, weil ich mal einen angefrorenen Mariechenkäfer wiederbeleben wollte. Alles Eisen, welches ich kenne, bereitet Schmerzen: Das Brotmesser, mit dem ich mich bis auf den Knochen des Zeigefingers geschnitten hatte, beim Stullen abschneiden. (Jemand hatte es nachgeschärft.) Die Nagelschere, wenn sie direkt ins Fleisch unter den Fingernägeln sticht. (Früher wurden meine Nägel sehr kurz geschnitten.) Die Wäscheleine, die innen mit einem Draht verstärkt ist, zeckt unerträglich, wenn sie in mehrere Schlingen gelegt, auf meinem Po landet. (Das ist nur einmal im Jahr der Fall.)

Und während der dunkle Schatten aller Dinge aus meiner Lunge den Atem saugt, schlingt er die Arme um meinen Hals. Kein Entkommen ist möglich, es geht immer tiefer hinab, ich ersticke. Das Eisen quillt in meinen Mund und wird hart, wie beim König Midas, der den Mund voller Gold hatte. Jetzt sterbe ich, weil mein Mund, die Lunge, Arme und Beine mit Eisen angefüllt sind. Das Blut hat es überall verteilt und es war giftig.

Nach einiger Zeit fühle ich, wie ich wieder langsam erwache, aber ich bin nicht lebendig. Ich liege in einem Grab. Das dunkle Grab fühlt sich warm an. Ich werde nie wieder aufstehen, mich nie wieder bewegen, keinen Millimeter. Körper, Arme und Beine liegen schwer auf der Unterlage, wie tot. Verwundert entdecke ich: Das fühlt sich angenehm und entspannt an.

Verhör, Verbot, Geheimnisse

Die Kirschen von Frau Schultz liegen gewaschen in einer Schale in unserer Küche. Da in meinem Zimmer gefrühstückt wird, decke ich den Tisch. Jedes Mal, wenn ich aus der Küche etwas hole, verschwindet eine Kirsche in meinem Mund. Wie süß die sind! Römi fährt mit einem Matchie auf dem Tisch herum und beobachtet, dass ich ab und zu kaue, während ich das Geschirr und das Brot hereintrage.

»Mach mal so, Moma.« Er saugt seine Wangen zusammen, sodass sein Mund spitz wird. Ich platziere die Kirsche auf der Mitte der Zunge, während ich die Wangen einziehe.

»Und jetzt mach mal den Mund auf«, sagt Römi.

Ich richte den Mund zur Decke. »So?«

»Nein, nicht so!«, ruft er. »Guck mich an, hast du was im Mund?«

»Nein Römi, wir essen doch noch nicht.«

»Mach doch mal *Aah*, wie beim Arzt«, meint Römi.

Ich gehe in die Küche und sage laut und lange »Aah.«

»Du bist doof!«, ruft Römi.

Während des Tischdeckens kommt Mutter. Sie trägt bereits das Tageskostüm, graues Jackett, schmaler grauer Rock und dazu ein paar flache Pumps. »Zwei Paar Schuhe müssen zur Absatzbar, Simone«, sagt sie. »Am Nachmittag müsstest du mich mit zur Rolle[20] begleiten.«

Sie stutzt. »Sag mal, wo ist der Rest vom Einkauf von gestern? Römi hat den Dederonbeutel mitgebracht, aber es fehlt

20 Die Rolle ist eine gefährliche Maschine, die zuhause gewaschene Wäsche – Handtücher, Tischdecken, Bettwäsche - platt walzt. Kinder sollten auf ihre Finger aufpassen. Sie könnten mit diesen zwischen die Rollen kommen und an den Fingern hängt die Hand und an der Hand der Arm und immer so weiter. Wenn keiner die Maschine anhält, zieht es einen unweigerlich hinein zwischen die Rollen und hinterher ist man platt wie die Wäsche und wird unten ausgeworfen. Man liegt auf dem Boden wie Max und Moritz nach der Kornmühle. Soweit ich weiß, ist das bisher niemanden passiert.

irgendwas, das auf der Liste stand. Ich weiß nicht mehr genau, was es war.«

»Mach ich heute«, sage ich schnell. Habe ich was in der Mappe vergessen? Hoffentlich nicht den Joghurt.

Sie hat eine weitere Bitte: »Ach ja, kannst du Römi zum Kindergarten bringen? Ich habe noch viel zu tun, fangt schon mal an mit dem Frühstück.« Weg ist sie.

»Hast du Kirschen gegessen?«, fragt mich Römi.

»Nein«, lüge ich.

»Warum hast du einen roten Mund?«, fragt er mich wieder.

»Weil ich der Wolf bin und dich jetzt fresse.« Ich greife ihn mit beiden Händen und kitzele ihn durch. Römi lacht laut und fröhlich.

»Ist jetzt wieder gut?«, frage ich ihn.

»Ja, krieg ich auch Kirschen?«

»Ich stecke dir welche in die Stullendose.«

Wir frühstücken beide, räumen den Tisch ab und ziehen Römi die Sandalen an.

»Nun aber hopp, hopp, in den Kindergarten.«

Ich fahre gern zur Absatzbar am S-Bahnhof. Während die Schuhe repariert werden, sitze ich auf einem hohen Barhocker und warte darauf, dass sie fertig sind. Das sieht erwachsen aus. Am liebsten habe ich ein Buch dabei und lese, während andere Kunden kommen und ihre Schuhe abgeben. Oder ich besuche nebenan den Eisstand. Zehn Pfennig kostet ein Löffel weißes Eis, zwanzig ein Löffel rosanes.

Der Rest des Tages wird anstrengend. Erst helfe ich Mutter, die Wäsche bei der Rolle in den Korb einzusortieren, und dann hole ich Römi ab.

Es ist Viertel nach fünf. Vater ist etwas früher von der Arbeit gekommen und sitzt im Wohnzimmer. Es klingelt. Das ist äußerst ungewöhnlich. Bei uns klingelt fast nie jemand an der Wohnungstür. Mein Vater kommt aus dem Wohnzimmer gerannt. Er ist unser Wohnungstürverantwortlicher.

Ich öffne leise die Zimmertür und lausche. Immerhin hege ich eine Hoffnung. Es kann ja sein, dass Mario … aber nein, der weiß nicht, wie ich mit Nachnamen heiße.

Die Stimme dieses Besuchers erkenne ich trotzdem sofort. Der Vopo hat uns gefunden.

Vater bittet ihn ins Wohnzimmer. Sie laufen den Flur entlang, an meinem Zimmer vorbei. Von nebenan höre ich sie beide, aber nicht, über was sie reden.

Römi kommt in mein Zimmer geschlichen. »Moma, er ist da.«

Römi stört mich beim Lauschen: »Mach dir nicht in die Hosen«, schnauze ich ihn deswegen leise an.

»Mach ich doch nicht, aber wenn...«

»Sei ruhig«, flüstere ich ihm zu.

Im Grunde haben wir nichts zu befürchten, denn mein Vater hält die Mauer in Berlin für das ›dümmste Bauwerk‹ welches ›die da oben‹ jemals errichtet haben. Das sagt er uns ständig am Abendbrottisch. Im Betrieb würde er es nicht wiederholen. Dort müssen alle der Meinung sein, dass die Mauer unseren Staat vor dem kapitalistischen Ausland schützt.[21]

Vater ist aus persönlichen Gründen gegen die Mauer. Seine ältere Schwester, meine Tante Lotte, ist wenige Wochen nach dem Bau der Mauer im August 1961 getürmt[22], man kann auch abgehauen dazu sagen. Mein Vater und Tante Lotte durften sich nicht mehr treffen, denn Republikflüchtige[23] müssen draußen bleiben, also außerhalb des Landes. Sie würden hier ins Gefängnis kommen, wenn sie sich blicken ließen. Im letzten Jahr starb Tante Lotte im Alter von 39 Jahren. Erst hieß

21 Das ist praktisch überall da, wo wir nicht hinfahren dürfen, also alle Länder, außer die Volksrepubliken Polen, die ČSSR, Ungarn und Bulgarien. Die Sowjetunion ist der große Bruder, sozialistisch gesehen, aber große Brüder besucht man anscheinend auch nicht.

22 Türmen bedeutet: über geheime Wege in das kapitalistische Ausland flüchten, ohne jemanden vorher Bescheid zu sagen.

23 Republikflüchtige sind Menschen, die lieber im Westen leben und in westliche Länder reisen wollen und deswegen über die Mauer »rüber gemacht haben«.

es, ein Unfall, aber ich habe herausbekommen, dass es Selbstmord war. Jedenfalls durfte Tante Lotte als Tote doch wieder in die DDR zurückkehren und wurde hier begraben.

Weil Vater darüber unglücklich ist, dass er seine Schwester nicht mehr lebend sehen konnte, stänkert er mit den Grenzsoldaten. »Die gehören auch zum System«, sagt er immer. Deshalb simuliert er das Fotografieren von Grenzanlagen. Er stellt seinen Fotoapparat auf ein Stativ, öffnet das Fenster und absolviert mit freiem Oberkörper ein paar gymnastische Übungen. Sein Ziel dabei ist, die Aufmerksamkeit der Grenzsoldaten mit ihren Feldstechern zu erlangen. Sobald er sich sicher ist, dass sie zu ihm schauen, gibt er vor, sämtliche Grenzanlagen zu fotografieren. Das ist verboten, weil man mit den Fotos einen Fluchtplan aushecken könnte. Eine Viertelstunde später, kreuzen zwei Polizisten auf und nehmen den Film aus dem Fotoapparat mit. Nach ein paar Tagen bringen sie den entwickelten Film wieder zurück. Dann grinst mein Vater und sagt: »Hab ich doch gesagt, dass nichts drauf ist.«

Während ich weiterhin Worte aus dem Wohnzimmer aufzuschnappen versuche, kreisen meine Gedanken um das, was mir heute blühen könnte. Falls es extrem schlimm kommt und ich eine Strafe vom Vopo kriege, oder mir sogar Einsperrung droht, könnte mein Vater ihn bestechen. Vater entwickelte nämlich in den letzten Jahren ein seltenes, mittlerweile bei allen seinen Freunden angesehenes Hobby: die Zierfischzucht. Ein Kollege warb ihn an. Mein Vater stellte damals Mutter, Römi und mir seine Idee in etwa so vor, dass es eine sinnvolle Freizeitbeschäftigung sei, die der schöpferischen Lebenseinstellung diene und zur Verbesserung seines Wohlbefindens beitragen würde. Das Befinden meiner Mutter allerdings, als sie hörte, dass ein Fünzig-Liter-Aquarium am Platz des Fernsehers einen ästhetischen Ruhepunkt im Raumgefüge schaffen und ihre kulturellen Bedürfnisse befriedigen sollte, entwickelte sich zu einem mehrere Wochen lang anhaltenden Dauergewitter mit Sturm und Hagelschauern. Trotzdem trat mein Vater wenig später in die Fachgruppe Aquaristik des Kulturbundes der DDR ein. Dort, so verteidigte er sein Tun, erlange er Wissen über die Haltung, Pflege und Zucht von Zierfischen und Wasserpflanzen. Die Wetterlage zuhause verbesserte sich erst, als ich folgende Idee hatte: Ob Vater das Entspannung verschaffende Aquarium nicht im Betrieb aufbauen könne? Seitdem verkauft er seine Züchtungen an das Geschäft *Zierfische* am Frankfurter Tor. Der Laden scheint äußerst beliebt zu sein. Dort bringen oder holen viele Leute mit Schraubgläsern Fische aller Art. Ich gehe gern mit Vater dorthin. Wir treffen uns an der U-Bahn-Station und er zeigt mir seine neuesten Züchtungen, die er in Marmeladengläsern in der Aktentasche verstaut hat. In der Regel bleibe ich vor dem Geschäft und warte auf ihn. Der modrige Geruch, den die vielen Aquarien in der Zoohandlung absondern, gefällt mir nicht. Ich betrachte währenddessen die Leuchtschrift über dem Eingang und all die Menschen, die hinein gehen und heraus kommen. Vater hat sich mit seinen Segelflossern und Antennenwelsen schon viele Vorteile verschafft. Er besticht quasi jene, von denen er etwas kauft, was es nur als Bückware gibt.[24] Und deshalb, so hoffe ich, kann er mich heute mit all seinen restlichen Fischen aus dem Gefängnis auslösen, falls mich der Vopo abführt.

Jetzt wird die Wohnzimmertür geöffnet, ein paar Schritte nahen und Vater steht bei uns im Zimmer.

»Komm mal rüber, Simone.« Römi sieht ihn erschrocken an. »Du nicht«, sagt Vater zu ihm.

Wegen einer falschen Hausnummer kann mir der Vopo doch nichts anhaben, oder doch? Ich schleiche in fiebriger Erwartung hinter Vater her. Brav gebe ich dem Vopo die Hand. »Setz dich, Simone« sagt er.

---

24 Bückware sind Produkte, die die Verkäuferinnen unter dem Ladentisch bunkern, weil sie davon zu wenig haben, um sie an alle Kunden zu verkaufen. Sie werden deshalb nur an Lieblingskunden abgegeben, oder an jene, die etwas anderes Seltenes auf den Preis drauflegen.

»Kennst du die beiden Jungs, die ich mit dir zusammen auf dem Grenzgebiet aufgegriffen habe: Mario Kleinschmitt, fünfzehn Jahre alt, und René Eichendorf, ebenfalls fünfzehn Jahre alt?«

»Ein bisschen.«

»Was heißt ein bisschen?«, fragt der Vopo.

»Wir haben uns öfter unten getroffen, nur zum Spielen.«

»Wo wohnen die beiden?«, fragt mein Vater neugierig dazwischen.

Dem Vopo ein Interview zu geben, wäre ausreichend. Jetzt mischt sich auch noch Vater ein.

»Nebenan, bei Frau Schultz, im Hinterhaus«, antworte ich ihm.

»Wie lange kennst du die schon?«, fragt Vater.

»Seit Ferienanfang. Alle anderen sind weggefahren oder im Garten, was weiß ich. Da haben wir eben zusammen gespielt.«

»Was denn zum Beispiel?«, will Vater wieder wissen.

Was ist mit dem plötzlich los, denke ich.

»Lassen Sie mich mal fragen, Herr Cerny.«

»Ja, natürlich, bitteschön, aber wir sprechen uns hinterher, Simone!«, meint Vater etwas beleidigt.

»Hast du schon mal diese beiden Jungs, also René und Mario darüber reden hören, wie sie über den Westen sprechen?«, fragt der Vopo.

»Nein, haben wir nie drüber geredet.«

»Vielleicht haben sie mal erwähnt, dass ihre Eltern einen Ausreiseantrag[25] stellen möchten oder dass sie Hamburg oder München kennenlernen wollen«, horcht er mich aus.

»Nein, nie gehört.«

»Du warst doch mit beiden zusammen in der Höhle?«

»Allein?«, fragt Vater schon wieder dazwischen.

»Nein, mit Römi«, antworte ich ihm und zu dem Polizisten gewand, »ja, ich war in der Höhle.«

---

25 Der Ausreiseantrag ist eine schriftliche Bitte an die Regierung, dass man als Einzelperson oder mit Familie in den Westen ziehen möchte.

»Du kennst also die Höhle, hast alles gezeigt bekommen.«

»Ja, ich glaube.«

»Gibt es dort einen langen Gang, der irgendwohin führt?«

»Sie meinen einen Fluchttunnel, nein, den gibt es nicht. Ist doch sowieso alles kaputt und zugeschüttet worden. Sogar das Sofa hat jemand verbrannt.«

»Was soll ein Sofa in der Höhle«, fragt Vater schon wieder.

»Mann, wir haben uns draufgesetzt und Himbeersirup getrunken, ist das verboten?« Eine Brise meines heißen Windes erhebt sich langsam.

»Ich bin nicht *Mann*, ich bin dein Vater«, sagt Vater.

»Ich denke, hier kommen wir nicht weiter«, meint der Vopo und zieht sein Notizbüchlein aus der Tasche.

»Aber wo du wohnst, das weißt du doch, Simone Cerny!« Er klopft auf meine Notiz in seinem Heft. »Einhundertachtzehn steht hier, das ist eine Eins zu viel, nicht wahr?«, sagt er triumphierend.

Vater sieht erst mich an, dann ihn.

»Ich hab mich verschrieben, ich hab einmal zu Römi geschaut und vergessen, dass ich bereits eine Eins geschrieben hatte«, sage ich. »Auf diese Weise stehen hier zwei Einsen.«

»Gut, dann ist jetzt alles geklärt«, meint Vater. Er steht auf und gibt damit das Signal, dass für ihn das Gespräch mit dem Polizisten beendet ist.

»Für mich hört sich das nicht sehr überzeugend an. Wenn dir noch was einfällt, Simone, würde ich das gerne wissen«, meint der Vopo und steht ebenfalls auf. Vater begleitet ihn raus, ich gehe in mein Zimmer.

Dort erwische ich Römi, wie er auf einem Stuhl stehend sein Ohr an die Wand hält, um etwas mitzubekommen.

»Na, du Schnüffelheini? Was gehört?«

»Nein, nix, man hört nix.« Römi ist das peinlich und er steigt schnell vom Stuhl.

Vater kommt herein. Er bleibt an der Tür stehen und räuspert sich ein paar Mal. Das kenne ich schon, jetzt stellt er was klar.

»Was ist denn das mit dem Mario und dem René?«

»Was meinst du mit: Was ist denn das?«, mich nervt die Frage total.

Vater ist bald kleiner als ich, oder richtiger gesagt, ich bin bald größer als er. Das fällt mir in diesem Moment deutlich ins Auge. Mit seinem hellen Haarkranz um den Kopf herum sieht er zudem etwas komisch aus. Um der kommenden Rede mehr Nachdruck zu verleihen, räuspert er sich wieder und schaut durch seine Brillengläser ernst und unnachgiebig. »Du kannst doch nicht einfach mit zwei Jungs in eine Höhle kriechen.«

»Warum sollte ich nicht mit zwei Jungs in eine Höhle kriechen?« Was interessiert ihn denn plötzlich, was wir auf dem Grenzgebiet machen! Es hat ja bis gestern auch keinen interessiert.

»Die Jungs sind fünfzehn Jahre alt, die wollen nicht mehr spielen. Es könnte was passieren!«, sagt er.

Ja, denke ich, es könnte passieren, dass ein Vopo kommt und zwei Jungs in einer Sandhöhle mit Erdbrocken bewirft, zwei Jungs, die fünfzehn sind und denen es einfach Spaß macht, eine Höhle zu bauen. Aber wie der Vopo reagiert hat, das findet Vater anscheinend total normal. Obwohl mir in diesem Moment einfällt, dass Vater nicht wissen kann, was der Vopo auf dem Grenzgebiet veranstaltet hat, bin ich wütend über seine Fragen.

»Nun, was sagst du dazu, antworte.« Er guckt weiterhin streng durch seine Gläser. Mich lässt das kalt.

»Was soll denn passieren?«, ich zucke mit den Schultern.

»Du meinst Liebe?«, fragt Römi dazwischen.

Meine Ohren glühen. Die beiden gehen mir auf den Geist. Kotz, Kotz. Was hat denn Römi hier zu flöten?

»Nein, nein, Vati«, mischt sich Römi weiter ein und schüttelt den Kopf. »Moma und ich haben nur Sirup getrunkt.«

»Damit das klar ist, Simone, dieser Umgang ist nicht altersgemäß. Diese Jungs haben andere Interessen. Man sieht, was dabei herauskommt. Sie haben uns den Vopo auf den Hals gehetzt und dich zur Angabe einer falschen Hausnummer gebracht. Das ist kein guter Einfluss.«

»Aber *ich* war das«, schwindelt Römi plötzlich und schaut mich mit großen Augen an. Er sieht schnell weg.

»Was warst du?«, fragt Vater.

Römi hält jetzt der auf ihn gerichteten Brille stand. »Die beiden Jungs waren … waren gar nicht da. Ich hab das ins Polizeiheft geschreibt.« Er knetet mit Zeigefinger und Daumen sein Hosenbein. »Ich geh ja noch nicht zur Schule.«

»Eben. Du gehst noch nicht zur Schule und es heißt *geschrieben*. Du musst hier nicht für Simone den Kopf hinhalten, Römi. Das erkennt ein Blinder mit Krückstock, dass du sie schützen willst«, sagt Vater zu Römi, und zu mir gewandt: »Und du merkst dir ein für alle Mal: Die beiden Herren haben hier nichts zu suchen und du nichts bei ihnen, damit das klar ist.« Er dreht sich um und verlässt mein Zimmer. Römi schaut mich mitleidig an und stiefelt wie ein kleines Abziehbild vom Vater hinterher.

Weg hier, und zwar sofort! Ich bin nie abgehauen, nicht mal für ein paar Stunden. Diesmal nehme ich keine Rücksicht auf irgendetwas. Sollen sie ihren Scheiß alleine machen! Sie nehmen auf mich auch keine Rücksicht.

Ich greife meine blaue Jacke von der Garderobe im Flur, Vater und Römi sind nicht zu sehen. Aber die Wohnungstür fällt zu laut ins Schloss und deshalb beeile ich mich. Schon höre ich Vaters Stimme durchs Treppenhaus rufen: »Simone, du kommst sofort wieder rauf.« Jetzt ruft auch noch Mutter hinterher: »Wo ist der Joghurt, Simone?« Doch ich lasse mich nicht aufhalten. Ich springe und nehme dabei mehrere Treppenstufen auf einmal, bis ich im Keller ankomme und mich dort in die dunkle Ecke unter den Treppen kauere. Da lagert der kühle Streusand für den Winter. Ich rieche ihn und spüre seine Feuchtigkeit, bevor ich mich auf den Haufen setze und den feinen Sand durch die Finger rieseln lasse.

Aber wohin flüchte ich? Zu Frau Schultz!

Vater beobachtet sicherlich schon die Straße. Aber ich warte hier. Vater glaubt, er braucht nur hinter der Gardine auf mich zu lauern und mir zu folgen. Aber ich bin clever, ich warte und schleiche mich später zu Frau Schultz.

Vorsichtshalber verharre ich fast eine Stunde auf dem Sand im Keller, dann mache ich mich auf den Weg. Frau Schultz ist da. Sie sieht verändert aus, »flott« sagt sie dazu. Ihre weißen Löckchen haben einen hellen lila Ton angenommen. Ich staune und schaue sie immer wieder an.

»Wer hat Sie so hübsch gemacht, der Frisör in der Hauptstraße?«, frage ich.

»Nein, ich war heute Morgen in Wilmersdorf, in Westberlin.«

»Wie können Sie so schnell aus dem Westen wiederkommen?« Ich schaue Frau Schultz in der Küche zu, wie sie einen Napfkuchen aufschneidet. Es ist einer jener Kuchen, in denen sie die gelben Erbsen und dunklen Linsen für Römi und mich versteckt.

»Wie können Sie gestern in der Friedrichstraße gewesen sein, abends wieder hier und heute Morgen wieder in Westberlin?«, frage ich. »Ist es denn nicht weit?«

Frau Schultz lacht. »Weit? Nein. Wir gucken direkt aus dem Fenster auf den Westen. Er ist doch nur einen Katzensprung entfernt. Ich fahre von meiner Wohnungstür zur Friedrichstraße eine Stunde. Wenn ich durch die Kontrolle bin, laufe ich zehn Minuten später auf dem Ku'damm herum.«

»Wieso heißt der eigentlich Ku'damm?« Mich interessiert das nicht wirklich, ich lenke mich ab, denn dauernd kommt mir das Verbot von Vater in den Sinn.

»Der Ku'damm ist eine sehr elegante Straße. Da kaufen die Westberliner ein. Es macht Spaß, in die Geschäfte zu gehen und zu sehen, was es in der Welt alles gibt. Ku'damm ist die Abkürzung von Kurfürstendamm«, meint Frau Schultz. »Wie soll ich sagen: Im Vergleich zu hier – eine Leninallee mit Läden voll farbenfroher Waren.«

»Wieso eine Leninallee?«

»Das ist ein Vergleich, Kindchen, der Staat hier hat es nicht so mit Königen und Kurfürsten, eher mit Kommunisten und Arbeitern, Trommlern und Trompetern. Und Lenin war ein...«

»Kommunist, ich weiß.«

Frau Schultz und ich trinken zusammen im Wohnzimmer einen Muckefuck und essen Kuchen. Bubi und Hansi tirilieren. Ich schaue auf die Pferdebilder. Dabei begegnet mir der Blick von Frau Schultz.

»Du siehst sehr blass aus. Geht es dir nicht gut?«

»Doch.«

»Gab es Ärger?«

Ich schweige. Mein Mund ist wie zugeklebt. Als hätte ihn jemand mit Fahrradklebeband verschlossen. Hinter dem Klebeband gibt es Worte, die andere nicht verstehen, weil sie unwirklich scheinen, mir selbst unerklärbar sind. Vielleicht ist es sogar verboten, diese Worte zu sagen. Vielleicht ist es sogar verboten, diese Worte zu denken.

»Willst du nichts erzählen?«, fragt Frau Schultz.

Ich habe eine Erbse im Kuchen gefunden. »Da ist eine«, sage ich, lege sie an den Tellerrand und blicke starr darauf.

»Ja, und da hast du noch eine, und eine Linse.« Frau Schultz legt beide auf meinen Tellerrand. Dort liegen jetzt 50 Pfennig in Frau-Schultz-Währung. Ihre mit zartem durchsichtigen Rosa lackierten Nägel und ihre kleine Hand mit den geschwollenen Gliedern erscheinen in meinem Blickfeld. Ich halte den Blick auf den Teller gerichtet.

»Kann ich ein Weilchen bleiben und die Pferde abzeichnen?«, frage ich Frau Schultz.

»Aber sicher.« Sie macht eine kleine Pause, ihr fällt etwas ein. »Wissen deine Eltern Bescheid?«

Immer diese Eltern, denke ich, nichts darf man ohne sie.

»Es ist niemand da, sie haben mir einen Zettel hingelegt. Sie sind für den Urlaub einkaufen.« Mist, schon wieder habe ich gelogen.

Frau Schultz steht auf und holt aus ihrem Schlafzimmer meine Schultasche. »Die hattest du hier vergessen«, sagt sie.

Ich rücke mir den alten Ohrensessel zurecht und setze mich vor ein Bild. Zwei Pferde mit braunem Fell stehen im Schatten unter Bäumen. Das eine Pferd hat einen langen blonden Schwanz und seine ebenfalls blonde Mähne fällt ihm über die Augen. Das andere Pferd hat einen braunen Schwanz und eine braune Mähne. Sie stehen dicht aneinandergedrängt und schmusen. Ich hatte mir das Bild gleich beim ersten Mal ausgesucht. Ich setze leichte Striche auf das Blatt. Der Stift gleitet wie von allein über das Papier. Schon nehme ich die Wiese, auf denen sie stehen wahr, den würzigen Geruch der Pferde. Das Pferd mit dem braunen Pferdeschwanz scharrt leise auf dem Boden. Ich stelle mir vor, was es sagt: ›Streichel mich! Leg deine warme Hand auf mein Fell, klopfe mir den Hals und sei bei mir!‹ Und ich antworte ihm: ›Ja, ich streichle dich, ich brauche nur die Hand auszustrecken, schon greife ich deine Mähne und streiche die Haare von deinen großen Pferdeaugen weg. Ich verjage die Fliegen und ich fühle dein Fell mit den Muskeln darunter.‹

»Ach übrigens, Simone, der Mario kommt nachher vorbei. Ich habe ihn gestern gebeten, etwas für mich zu kaufen. Er ist wirklich ein sehr netter Junge.« Frau Schultz füttert dabei ihre Wellensittiche.

Meine Bleistiftmine bricht. »Er k …ommt hierher?«

»Das muss er ja, weil er mir etwas bringt.« Frau Schultz lacht mit ihrer hohen Stimme.

»Wenn ich das gewusst hätte …«

»Was dann? Sag bloß, du wärest nicht gekommen. Oder du hättest dir etwas anderes angezogen?«

Ich lächle überrascht. »Ja.«

»Ich sag dir was«, Frau Schultz' Stimme klingt plötzlich weich. »Du bist ein hübsches Mädchen und wirst später eine bildschöne Frau. Dein Wesen ist freundlich und höflich. Du bist in Ordnung, so wie du bist, jederzeit. Und die jungen Männer werden bei dir Schlange stehen.«

»Sicherlich nicht.«

»Glaubst du nicht, was ich sage?«

»Nein, das ist doch übertrieben.«

»Es ist die Wahrheit.«

Es klingelt. Hilfe, das ist Mario. Frau Schultz läuft hinaus, ich höre ihre Stimme. Die Wohnungstür klappt wieder zu, die Küchentür quietscht und in der Zimmertür erscheint Mario.

»Hallo Simone.« Er bleibt dicht bei der Tür stehen.

»Hallo Mario«, sage ich kurz und konzentriere mich auf meine Zeichnung, indem ich mit einem neuen Bleistift darin herumkritzele. Verlegen zu sein, ist voll ärgerlich, aber nicht zu verhindern. Ich schaue kurz hoch, weil Mario nichts sagt. Unsere Blicke begegnen sich, ich merke, wie ich rot werde. Mario sieht toll aus mit seinen langen blonden Haaren. Aber etwas ist auch anders. In seinem Gesicht gibt es irgendeinen neuen Ausdruck. Dadurch wirkt er fremd. Er beobachtet mich. Er gibt sich einen Ruck, kommt näher und legt Werkzeuge auf den Tisch: einen Hammer, der in der Mitte gespalten ist, eine Kneifzange, eine Flachzange. Er gibt mir die Hand. Ich versuche zu lächeln.

Mario hat meine Zeichnung gesehen. Er schaut einige Zeit darauf. »Hast du das gemalt?«

»Ich hab nur eine Skizze gemacht. Das Bild lässt sich gut zeichnen, weil es so groß ist …« Mist, er hat jetzt die schmusenden Pferde gesehen, peinlicher gehts nicht.

»Krass, du malst wirklich krass, als würden sie leben.«

Sie leben ja auch, denke ich. Stattdessen sage ich: »Findest du? Danke.«

Frau Schultz ist sowas von verschwunden, dass sie nicht mal in der Küche zu hören ist. Ich deute auf die Werkzeuge.

»Wozu braucht Frau Schultz die?«

»Sie will etwas reparieren«, sagt Mario.

»Aha.« Weiter fällt mir nichts mehr ein.

»Vielleicht helfe ich dabei.«

»Aha«, fiebrig suche ich nach einer anderen Frage, um das Gespräch in Gang zu halten. »Der Vopo war vorhin hier.«

»Woher weißt'n das?«, fragt mich Mario zurück.

»Hab es gehört, von Frau Schultz.« Mist, wieder eine Lüge. »Musstet ihr auf das Polizeirevier mitkommen?«

»Verhaftung? Nein, soweit kommt es noch! Der Vopo hat uns nach Hause eskortiert, uns bei den Eltern abgeliefert und seinen Besuch für den nächsten Tag angekündigt. Renés Eltern waren allerdings nicht da. Die haben gerade viel zu erledigen.«

»Und ich dachte wirklich, ich sehe euch nicht mehr.«

»Warum das?«

Mario hat schon wieder diesen komischen Blick. Misstraut er mir? »Der Vopo war doch nicht ganz sauber, findest du nicht? Mann, wir hatten Angst um euch, Römi und ich. Frau Schultz sagt auch, dass es nicht normal ist, wie der sich verhalten hat.« Das Heiße-Wind-Gefühl in mir öffnet ein wenig sein Ventil. »Der hat mit Steinen auf euch geworfen und es hätte sonstwas passieren können.«

Mario kommt jetzt näher. Er schaut auf meine Pferdezeichnung. »Wirklich krass.«

»Mario, ich hab euch nicht verraten, Römi ist es herausgerutscht«, sage ich leise.

»Hab ich mir schon gedacht, der ist halt zu klein für sowas. Sag mal, kommst du morgen mit auf das Grenzgebiet? Ich will den Vopo richtig ärgern. Ich baue eine neue Höhle.« Mario schaut mich trotzig an. Wärme steigt in mir hoch, sie wird flüssig, sie fließt den Hals hoch bis zu den Augen hinauf. Warum laufen sie jetzt über? Einen Moment lang sehe ich Mario nicht, er verschwimmt in meinen sich selbst überflutenden Augen. Na toll, zwei riesige Tränen rollen meine Wangen herunter. Ich zwinkere mehrmals, um wieder was zu sehen. Er hat mich soeben klar und deutlich eingeladen. Ich könnte morgen den gesamten Tag mit Mario zusammensein. Aber stattdessen werde ich im Zug sitzen und mit meinen langweiligen Eltern und dem ewig plappernden Römi für unendlich lange drei Wochen in den Urlaub fahren.

Mario nimmt meine Zeichnung und legt sie beiseite.

»Mach mal kein Aquarell daraus«, sagt er.

Ich lache leise auf, aber die Tränen überschwemmen wieder die Augen.

»Was hast du?«, fragt Mario, greift meine Hand und streichelt sie. »Ich muss wegfahren«, schluchze ich, »und ich will gar nicht. Wir fahren in den Urlaub, morgen Mittag.«

»Das ist weniger schön, also vielleicht doch schön, wegen dem Urlaub, aber nicht schön, weil …« Mario so verlegen zu sehen, gefällt mir. Das heißt, dass er es schade findet, dass ich weg bin.

»Und wenn du wiederkommst, ist die Höhle fertig. Das passt doch gut«, sagt er.

»Gar nichts passt gut.« Ich bin verzweifelt.

Er holt sein Taschentuch heraus und wischt mir die Tränen ab. Der Moment kommt für mich überraschend und ich nehme das Taschentuch selbst in die Hand und trockne mir die Tränen. »Komm, lass uns zur Höhle gehen«, sagt er leise.

»Zur Höhle? Die gibt es doch gar nicht mehr.«

»Zum Rest, der davon übriggeblieben ist. Die neue wird viel schöner, denn du sagst mir, wie sie werden soll und ich werde sie genauso bauen.«

Ich nicke. Es tröstet mich etwas. Nichts wünsche ich mir mehr, als heute mit ihm zusammensein. Und mir ist egal, ob mich meine Eltern suchen, und das werden sie! Sollen sie sich doch mal richtig Sorgen um mich machen!

Ich packe in Eile die Zeichensachen in die Schultasche und stelle sie an den Ohrensessel. Mit einer Schulmappe neben Mario laufen, das will ich ganz sicher nicht.

Mario informiert Frau Schultz in der Küche. »Wir gehen noch einmal raus, Frau Schultz«, sagt er zu ihr.

»Jetzt noch? Es wird gleich dunkel!«

»Es ist wichtig«, sagt Mario.

»Na gut, aber Simone soll ihren Eltern Bescheid geben.«

Ich bewundere Mario umso mehr. Er sagt einfach, *es ist wichtig* und macht, was er will.

Wenn die Sonne im Sommer abends untergeht, taucht sie alles in einen goldenen Schimmer. Genau das passiert im Moment. Sie vergoldet mir den Kellereingang, in welchem Mario seine kleine Schwester umarmt hat und ich erfahren habe, dass er mich mag. Zusammen laufen wir über das Grenzgebiet, unsere jetzt zu Gold gewordene *Pause*. Die Sonne rollt herab und zieht sich von diesem Tag zurück. Ihr Abendglühen ist viel zu schön. Immer wenn etwas so schön ist, dann kommt kurz danach etwas, was weh tut. Aber während sie langsam untergeht, spüre ich, wie sie im nächsten Moment aufgeht. Nein, nicht über der anderen Hälfte der Welt, sondern in mir. Sie scheint mit ihren warmen Strahlen direkt unter meine Rippen, dorthin, wo manchmal das Lachen sitzt. Und jetzt lache ich deshalb los. Ich lache und lache.

Mario schaut mich an: »Ist was?« Ich schüttele den Kopf. Er fasst meine Hand und die Sonne im Bauch steigt weiter aufwärts. Sie zieht ihre Bahn und hält nicht an. Sie erwärmt alles, was unterkühlt war. Je länger wir Hand in Hand laufen, desto mehr Wärme kommt in meinen Körper hinein und mit ihr das Licht. Ja, es ist heller geworden, obwohl es Abend ist. Ich bin leicht und ich bin hell. Alles fügt sich, alles ist so normal, so wie ewig schon gewünscht, so wie es sein müsste, wie es viel einfacher wäre. Denn nun scheint die Sonne auch auf meine Seite der Welt, auf die Seite vor der unsichtbaren Wand. Sie scheint auf meine Seite hinüber und macht diesen Teil hell und warm. Kann es sein, dass die unsichtbare Wand durchlässig ist und Mario in diesem Moment in meine Hälfte tritt?

Mario ist heute so, wie ich mir einen echten Gentleman vorstelle. Er hält die dornigen Zweige des Brombeergestrüpps zur Seite, damit ich ohne Kratzer in den Kreis gelange. Er sucht einen Sandhügel, breitet seine Jacke darauf aus und wir setzen uns. Erst sind wir still, ein wenig verlegen. Was soll man sich unterhalten, wenn man sich nicht oft gesehen hat? Aber Mario ist aus meiner Sicht der Erfahrenere und ich warte, bis er was sagt.

»Du kannst super zeichnen«, stellt er wieder fest. »Willst du das später beruflich machen?«

»Ach, das ist nicht der Rede wert. Ich zeichne gern. Ich soll aber technische Zeichnerin werden.«

»Ah, verstehe, deine Eltern wollen das.«

»Na ja, man kann sich wohl gut ausruhen auf Arbeit.«

»Ausruhen?«

»Ja, meine Mutter findet, es würde besser zu mir passen. Sie meint, ich hätte schwache Nerven und würde mich zu schnell über alles aufregen. Ehrlich gesagt, ich will mich während der Arbeit nicht ausruhen. Ich finde lautes Leben in der Bude besser, keine Museumsstille wie im Zeichenbüro, wo alle flüstern.«

Es entsteht wieder eine kleine Pause.

»Zeichnen kannst du schon mal. Ich kenne einen, der ist Karikaturist. Er zeichnet für den Eulenspiegel[26]. Der hat ständig Ärger und regt sich auch dauernd über was auf. Trotzdem hat er viele Freunde, die zusammen große Feste bei ihm in der Wohnung feiern. Da ist Leben in der Bude.«

Ich lache auf. »Meinst du wirklich, dass ich das kann?«

»Talentiert bist du schon mal.«

»Mmh.« So richtig glaube ich nicht dran. Ich finde die Pferdebilder hundertmal besser. »Weißt du, woher Frau Schultz die Gemälde hat?«

»Sie sind von einem Maler.«

---

26 Der Eulenspiegel ist eine Witze-Zeitung, in Farbe gedruckt, die manchmal nicht ganz der politischen Parteilinie folgt.

»Ja, dass sie nicht vom Bäcker sind, war mir auch klar.«

»Hey, du wirst doch jetzt nicht so frech wie René werden.« Mario stupst mich in die Seite. Ich lache wieder und er sagt: »Sie sind von einem Maler, der rübergeht in den Westen.«

»Der also abgehauen ist?«

»Nein, nicht abgehauen. Er hat einen Ausreiseantrag gestellt.«

»Und warum nimmt er seine Bilder nicht mit?«

»Ausreisende dürfen kaum was mitnehmen. Du bekommst eines Tages nach drei oder vier Jahren Wartezeit gesagt, dass dein Ausreiseantrag genehmigt wurde. Dann hast du nur 48 Stunden Zeit, um deine Sachen zu packen und innerhalb dieser zwei Tage musst du aus der DDR raus sein.«

»Woher weißt du sowas?«

»Weiß ich eben.«

»Aber vorher was schicken, geht das nicht?«

»Kunstgegenstände dürfen nicht verschickt werden. Alles, was sonst noch dableiben muss, das geht in den Besitz des Staates DDR über. Dann bekommt man in der BRD ein neues Leben und dein altes Leben bleibt hier, zum Beispiel deine Freunde.«

Ich schaue Mario von der Seite an. Da ist wieder der Zug von vorhin. »Was ist?«, frage ich ihn.

»Ach nichts.«

»Du hast grad so komisch geguckt?«

»Ich hab nicht komisch geguckt, nur geguckt.«

»Warum?«

»Warum nicht?«

Mario steht auf. Er stochert im Sand herum, dreht das ein oder andere verkohlte Stück mit der Fußspitze um. Ich stehe auch auf und stochere ebenfalls herum.

»Suchst du was, Mario?«

Er schaut vom Boden auf und sieht mich an. Blitzschnell nimmt er mich in den Arm und drückt einen leichten Kuss auf meine Lippen. Seine sind trocken und heiß.

»Ja, ich suche was. Und du musst mir versprechen, dass du niemandem etwas sagst.«

»Was soll ich niemandem sagen, ich weiß ja gar nichts.«

»Das, worüber du nichts weißt, denn es betrifft meinen besten Freund.«

»René?«

Mario sieht mich ernst an und nickt.

»Jaja, das verspreche ich dir.«

»Es ist auch peinlich für René, der immer so erwachsen tut.«

»Ich schwöre.« Ich halte rechten Zeige- und Mittelfinger zusammen nach oben.

»René musste sein Spielzeug in Kisten verpacken und in einem Kinderheim abgeben. Doch sein Lieblingsspielzeug, die Stabilbaukästen mit Motor darin und allem Pipapo, mit denen er Schiffe, Windmühlen, Seilbahnen, Töpferscheiben, Autos und was weiß ich nicht alles gebaut hat, die wollte er um keinen Preis weggeben. Wir beide haben die Baukästen in der Höhle versteckt. Vopo hat ganze Arbeit geleistet, vermutlich jedoch nicht die Kästen gefunden. Ich möchte sie wiederfinden.«

»Wieso musste René seine Spielsachen abgeben?«

Mario dreht sich weg und antwortet abweisend. »Hab ich dir doch gesagt.«

»Nein, das hast du nicht«, antworte ich trotzig.

Mario schaut mich an. Ich glaube, er überlegt, ob er mir vertrauen kann.

»Ok, du behältst das für dich. Versprochen?«

»Ich habe es dir bereits einmal versprochen und darauf geschworen.«

Marios Lippen kommen jetzt nah an mein Ohr. »René geht mit seiner Familie irgendwann oder bald in den Westen. Sie haben einen Ausreiseantrag gestellt.«

»In den Westen?«, rufe ich verwundert aus.

»Noch lauter!«, zischt mir Mario ins Ohr und hält seine Arme um mich. »So hat auch der Grenzer was davon und kann dem Vopo eine Meldung machen.«

»Oh, Entschuldigung«, flüstere ich erschrocken. »Ich bin ab jetzt leise.«

»Komm mal näher an mich heran.« Mario drückt mich an sich. »So höre ich dich besser.« Ich glaube, er grinst. »Renés Vater ist Maler, er hat die Pferdebilder gemalt.«

»Und darf sie nicht mitnehmen«, ergänze ich.

»Ja. Deshalb hilft Frau Schultz dabei, sie rüber zu schmuggeln.«

»Wie soll das gehen, die Rahmen sind doch viel zu groß?«, frage ich flüsternd.

»Sie werden aus dem Rahmen herausgenommen.«

»Dafür hast du Frau Schultz das Werkzeug gebracht?«

»Ja, die Leinwand wird zusammengerollt und drüben kann man für das Bild einen neuen Rahmen anfertigen lassen.«

»Ist das nicht auffällig, mit einer Rolle Leinwand durch die Grenzkontrolle zu laufen?«

»Man sollte das Gemälde nicht sichtbar als Rolle transportieren.«

»Sondern wie?«

»Man kann es in Mantelfutterstoff einnähen oder sich an den Unterrock anheften. Tausend Möglichkeiten gibts da.«

»Ich stelle mir gerade Frau Schultz mit den lila Löckchen vor, wie sie sich in ein Pferdegemälde eingewickelt durch die Ausweiskontrolle schleust«, sage ich zu Mario.

Wir lachen beide. Aber mir kommt ein anderer Gedanke. »Und ist das nicht gefährlich?«

»Sogar sehr gefährlich, es ist Schmuggel von Kunstgütern. Deshalb darf es keiner wissen. Frau Schultz könnte in den Knast dafür kommen. Mein Vater sagt immer, erst wird beobachtet, genüsslich abgewartet und zapp«, Mario klatscht in seine Hände, »schlägt die Falle zu.«

»Dein Vater weiß davon?«

»Nein, auf keinen Fall darf er das wissen. Mein Vater hat in sehr vielen Dingen eine andere Meinung als ich und meine Mutter.« Er berührt meine Nasenspitze mit dem Zeigefinger. »Du hast eine Stupsnase! Und welche Augenfarbe hast du?« Mario sieht mir in die Augen. Sein Gesicht ist nahe an meinem. Ich spüre, dass er mich küssen will und bekomme einen Schreck. Ich würde am liebsten wegrücken, aber er hält mich fest.

Ich weiß jetzt nicht weiter. Also senke ich mein Kinn etwas nach unten, so ist der Mund schon mal nicht mehr zu dicht an seinem. Er küsst mich auf die Stirn. Das finde ich schön. Seine Hand streicht mir über das Haar, ja, auch schön. Muss ich ihn jetzt zurückküssen? Muss ich was anderes tun? Mich aufreizend bewegen? Mich hinlegen? Ich mag diese Gedanken nicht. Aber sie fühlen sich bekannt an. Doch ich hatte noch nie etwas mit einem Jungen.

Plötzlich spüre ich Marios trockne Lippen auf meinem Mund. Ich erschrecke, aber es gefällt mir. Er tippt mit ihnen mehrmals auf meinen geschlossenen Mund, so als wollte er ihn auftippen.

»Mario! Simone!« Die Stimme kommt aus nächster Nähe. »Mario! Simone!«.

»Mist«, sagt Mario leise. Er schiebt mich zur Seite. »Was gibt es, Frau Schultz?«, fragt er über die Hecke hinüber.

»Mario, Simones Vater war bei mir, er sucht sie. Ist sie hier?«

Mario schlängelt sich durch die Hecke zu Frau Schultz. Ich höre sie miteinander reden. Ihre Stimme klingt aufgeregt, seine dagegen beruhigend. Langsam trete ich durch die Hecke. Als Frau Schultz mich sieht, ruft sie erleichtert: »Ein Glück, du bist hier, Simone. Dein Vater sucht dich verzweifelt! Deine Mutter hat Herzprobleme bekommen, weil du verschwunden bist.« Ihre Stimme wird ernst: »Simone, schau mich mal an. Du hast geschwindelt, du hast gesagt, deine Eltern wüssten Bescheid.«

»Ja, es tut mir echt leid.« Meine Stimme zittert, ich bin kurz vorm Heulen.

»Simone, komm mal her«, meint Frau Schultz. Ich gehe auf sie zu. Sie schaut mir ins Gesicht und sagt: »Ich weiß zwar nicht, warum du vorhin traurig und niedergedrückt warst, sicher aber ist, dass man nie allein an allem schuld ist, was daneben geht. Jetzt hast du es mit dem Ausrücken ein wenig überzogen.«

»Ja, es gibt Schimpfe, sobald ich oben bin.«

»Nimm es nicht so schwer. Ich jedenfalls bin dir nicht böse. Es gibt immer einen wichtigen Grund, warum jemand so und nicht anders handelt.«

»Ja. Schon. Danke.« Ich will sofort losrennen.

»Keinen Abschied?«, fragt Mario.

»Doch, natürlich.« Ich gebe ihm die Hand und zeige ihm noch einmal versteckt das Ich-schwöre-Zeichen.

Im Grunde bin ich dankbar, dass Frau Schultz in diesem Moment gekommen ist. Ich hätte nicht mehr gewusst, was richtig und was falsch ist in dieser Situation.

Das Familiengericht

Zuhause gibt es großes Theater. Zuerst ist Mutter dran. Sie fordert mich auf, die Kekse, die bei Römis Treppenschleifen des Dederonbeutels völlig zerbröselt sind, zu bezahlen. Es sollte Kalten Hund[27] geben. Ein oder zwei Joghurts sind ebenfalls verschollen. Sie steht vor mir und überschüttet mich mit weiteren Vorwürfen. Auf mich sei kein Verlass. Ich sei kalt und hätte keinerlei Mitgefühl mit ihr und für andere. Wie ich ihr diese Aufregung zumuten könne, ihr Herz würde das nicht mehr lange mitmachen. Was ich mir dabei gedacht hätte … Was ich da unten gewollt hätte … Mit wem ich da gewesen wäre …

Als ich wahrheitsgemäß antworte, dass ich mit einem Jungen unterwegs gewesen bin, kriegt sie sich gar nicht mehr ein. Das sei doch nuttig.

Hätte ich doch bloß nichts gesagt, ich bin zu blöd-ehrlich. Die Ungerechtigkeit der Vorwürfe treibt mir Tränen in die Augen.

Warum muss ich mir das an den Kopf werfen lassen? Darf man sich als Kind von Eltern nicht dagegen wehren? Die Eltern wissen anscheinend genau, was man ist und was nicht. Ich jedenfalls bin ohne Ehrgefühl, egoistisch, ich gefährde den Ruf der Familie, ich bin verantwortungslos und schamlos. Ich meine, das könnte ich mit etwas Nachdenken und einer Portion Fantasie alles selber in mir entdecken. Aber nuttig? Das geht zu weit, oder? Wo und wie bitteschön bin ich nuttig? Schwenke ich mit einer roten Schnallentasche und einer blonden Perücke durch die Straße? Bin ich angemalt wie eine Schaufensterpuppe? Trage ich hohe Schuhe, Netzstrümpfe und kurze Röcke? Nein. Ich habe mit Mario geredet

27 Kalter Hund: Lieblingskuchen vom Römi, ist eine Kakaomasse mit Kokosöl und Keksen, die in eine Backform geschichtet und anschließend in den Kühlschrank gestellt wird.

und zwei Küsse von ihm bekommen, die ersten beiden in meinem Leben. Ich möchte am liebsten laut losheulen. Stattdessen schalte ich auf Durchzug. Es bringt nichts, weiter zuzuhören, das tut nur weh.

Als Mutter mit ihren Ausführungen fertig ist, scheint sie fast glücklich und zieht ab ins Schlafzimmer.

Aber es gibt noch Vater. Jetzt kommt er an die Reihe. Er sagt, dass er von mir enttäuscht ist, dass ich nicht richtig nachdenke, dass ich ihm versprochen habe, nichts Unanständiges zu machen … (Daran erinnere ich mich nicht und ich finde auch nicht, dass zwei Küsschen von Mario, von dem mein Vater nichts weiß, unanständig sind.) Dass ich mich seiner Anweisung widersetzt habe, dass das ein Nachspiel haben wird, dass ich mich bessern und vor allem jetzt ordentlich waschen gehen soll.

Kopfschüttelnd und mit einem strafenden Blick auf mich verlässt er mein Zimmer.

Ich warte, bis es in der Wohnung ruhig geworden ist und gehe ins Bad. Ich hoffe, dass jetzt alle Familienmitglieder eingeschlafen sind. Solange ich im Bad bin, wird mich keiner stören, auch wenn einer nötig auf die Toilette muss. So weit ist das Familienleben intakt.

Damit ich ungestört Zeit hier verbringen kann, habe ich ein dickes Buch hinter der Waschmaschine deponiert. Das lese ich öfter auf dem Klo. Der Titel heißt *Frank und Irene*[28], eine Liebesgeschichte.

Nach ein paar Seiten *Frank und Irene* lasse ich Wasser ins Waschbecken ein und plansche mit dem Waschlappen darin herum, ich seife ihn mehrmals ein und spüle ihn danach wieder aus. Wegwaschen würde ich die Küsse von Mario auf der Stirn und auf meinem Mund um nichts in der Welt.

Nachdem Wasser und Zeit verflossen sind, schleiche ich in mein Zimmer, richte das Bett ein und schlüpfe in mein

28 Ich glaube, dieses Buch haben alle gelesen, die in der DDR mal jung gewesen sind.

Nachthemd. Vom Bett aus fällt mein Blick auf die Tür. Ich stehe wieder auf und drehe leise den Zimmertürschlüssel im Schloss herum. Nun fühle ich mich sicher. In Gedanken gehe ich jedes Detail von diesem Abend mit Mario durch. Ich stelle mir alles genau vor, zuerst wie ich die kuschelnden Pferde bei Frau Schultz abmale, wie Mario hereinkommt, wie er mich ansieht, meine Hand nimmt, mich tröstet …

Als mich seine Arme ungefähr zum hundertsten Mal auf dem Grenzgebiet umarmen, dringt ein Geräusch in meine Träume. Es ist leise, kaum zu hören, dann ist es wieder verschwunden, plötzlich wird es immer lauter. Poch, poch, poch, es wummert geradezu. Das Pochen wird stärker, es dröhnt in mir, mich packt die Angst. Pocht es an der Tür? Ich flüchte, denn mich verfolgt jemand. Ich jage in Todesangst über die Dächer unseres Hauses. Da fällt mir ein, dass ich nur über die Mauer hinter dem Grenzgebiet bräuchte. Aber große Vögel kreisen darüber hinweg und sie picken bereits gegen die Ziegel des Daches, sie wollen mich aus dem Bett zerren, bedrohen mich, wollen mich packen. Für wenige Sekunden sehe ich mich in meinem Zimmer liegen und höre ein Klopfen an der Tür, wild, zornig und erschreckend. Ich bin wie gelähmt. Ich will um keinen Preis die Tür öffnen. Mein Atem schnauft wild. Plötzlich ist alles still.

Am Morgen schweigen Mutter und Vater, sogar Römi. Wie Roboter verrichten sie die alltäglichen Tätigkeiten.

Nach dem Frühstück kommt Vater in mein Zimmer und nimmt den Schlüssel aus dem Türschloss.

»Den brauchst du nicht«, sagt er streng.

Hilfe, denke ich, ich kann nie wieder abschließen.

Mutter ruft aus dem Bad, dass wir jetzt meine Haare schneiden. Darauf habe ich nicht die geringste Lust, aber sie lässt nicht locker.

Mutter schweigt. Sie flicht meine Haare zu einem Zopf, umschließt das Ende mit einem kleinen Zopfhalter und schneidet den Zopf einfach ab.

»So fertig«, sagt sie, »den kannst du behalten.« Sie reicht mir den Zopf, packt die Schere weg und wischt das Handwaschbecken mit einem Lappen sauber. Ich darf jetzt gehen.

Der Zopf hängt in meiner Hand. Ich habe das Gefühl, ein Teil von mir ist jetzt unwiederbringlich abgeschnitten worden. Ich gehe in mein Zimmer, befestige das dickere Ende zärtlich mit einem Halter und lege den Zopf vorsichtig in die Nachtschränkchenschublade.

Wenig später fahren wir los. Der Vater trägt die zwei großen Koffer. Kurz schaut er mich an und schüttelt den Kopf. Römi und ich tragen unser Handgepäck und je einen Rucksack. Mutter läuft neben Vater mit einer Tasche voll Reiseproviant und einer Reisetasche. Ihr Strichmund verschließt ihr Gesicht.

Wir fahren mit dem D-Zug, wir haben Platzkarten, wie jedes Jahr. Am Ende der Reise werden wir vom Hausmeister des FDGB-Heims mit einem kleinen Handkarren abgeholt, auf welchen wir das Gepäck stapeln. Das jährliche FDGB-Heim ist ebenfalls eine eingetauschte Errungenschaft der Zierfischzucht meines Vaters.

Römi spielt im Zug mit seinen Autos auf der kleinen Ablage vor dem Fenster. Er macht dabei viele Auffahrunfälle und Karambolagen. Einmal lässt er sein Lieblingsauto – einen weißen Jaguar - auf meinen Schoß fliegen.

»Der hat jetzt einen Totalschaden«, sage ich zu ihm und gebe ihn Römi zurück.

»Nein, den kann man reparieren«, sagt Römi. »Dann ist er wie neu.«

»Niemals, es bleibt immer ein Schaden zurück.« Ich verstecke mein Gesicht unter der neben mir hängenden Jacke und weine.

Vater versucht die Stimmung zu heben, indem er auf die Landschaft hinweist, die hinter dem D-Zug-Fenster an uns vorbeizieht. Aber er ist mit seinem Geplapper und der Vorfreude über Wiesen, Wälder und Berge allein.

Teil 2

Eine schwarze Sonne schickt schwarze Strahlen auf die Erde. Alles ist umgekehrt: Die Schatten sind hell und die Strahlen dunkel. Als die schwarze Sonne schien, war es August. Keiner nahm es wahr, außer ich.

Die Farben des Sommers

Der Sommer hatte am Anfang die Farbe Grün, später wurde er orange, dann schwarz.

Als der Sommer noch grün war, zogen Römi und ich zum Hochstand. Er stand am Waldrand und von oben aus schauten wir hinaus auf eine große Wiese. Nur einen Tag lang spielten wir Mutter-Kind allein, dann kam ein Junge aus Eisenach dazu. Jetzt veränderten sich unsere Rollen und die Spiele. Wir waren Räuber und Gendarmen, König und Königin, Ritter und Burgdamen und alles, was uns sonst noch einfiel. Wir sperrten uns ein, befreiten uns, kämpften mit Stöcken gegeneinander, fertigten Flitzebögen an und versuchten damit, die elegant fliegenden Raubvögel zu treffen.

Als der Sommer orange wurde, sprachen Vater und Mutter nicht mehr miteinander. Während Mutter im Garten strickte, ging Vater mit uns Eis essen. Wenn Vater und ich in den Büchern aus der Heim-Bibliothek lasen, fuhren Mutter und Römi zum Ausflug. So ging es in einem fort. Der eine tat das, die andere jenes. Meine Eltern kamen nur zusammen, wenn im Heim Gemeinschaftsveranstaltungen stattfanden, wie zum Beispiel das Bergfest. Das allerdings bescherte den beiden einen öffentlichen Eklat. Ein Animateur sorgte für gute Laune und dafür, dass die Familien was gemeinsam taten. Im Kreis stehend sangen alle das Lied: »Wenn der Topf aber nun ein Loch hat lieber Heinrich, lieber Heinrich.« Die Ehepartner sollten derart zusammenspielen, als würden sie sich den Text gegenseitig zusingen. Ich fand das kindisch und setzte mich gleich ein paar Schritte entfernt auf die Wiese. Das sollten die anderen schön allein durchexerzieren, so ein albernes Lied.

Vater ärgerte meine Mutter, denn er sang nicht liebe Liesl, sondern liebe Nate. Diese Abkürzung ihres Vornamens Renate hasst meine Mutter. Überhaupt hat Liesl in dem Lied eine dämliche Rolle. Nichts kriegt sie allein hin und faul ist sie auch. Das war nicht nett von Vater. Mutter sang nicht mehr mit und verließ den Kreis. Sie kam auf mich zu und sagte, dass ich für sie einspringen solle. Ich schüttelte den Kopf. Auch wenn Vater mir leidtat, dass er allein da stand und alle Strophen mitsang, als sei nichts gewesen, hatte er es sich doch selbst zuzuschreiben. Dann wurde der Sommer schwarz.

Ich erinnere mich an den Tag. Das Mittagessen war vorbei, es zogen Gewitterwolken auf. Zunächst grummelten sie in der Ferne, dann nahten sie bedrohlich heran. Die Wiese vor dem Heim verdunkelte sich und durch die Rosenrabatten fegten Windstöße und schüttelten Blütenblätter ab. Schließlich entfernte sich das Grollen und kam wieder näher, so, als treibe jemand die Wolken da oben hin und her. Mehrere helle Blitze rissen zischend den Himmel entzwei. Eine ungeheure Spannung lag in der Luft, bis das Unwetter ungebremst losbrach, Regen prasselte nieder, Donner grollte und Blitze zuckten.

Ich hatte Angst um Römi und Mutter, die am Vormittag schon mit dem Bus in den Nachbarort gefahren waren, um für Römi etwas einzukaufen. Ich war unruhig, als erwartete ich irgendetwas Schlimmes und irrte im Ferienheim herum. Es war menschenleer. Entweder saßen alle in ihren Zimmern oder waren unterwegs und das Unwetter hatte sie überrascht. Unsere Familie wohnte zusammen in einem großen Zimmer. Ich wollte es meiden, weil dort Vater am Tisch saß und Urlaubskarten schrieb. Ich suchte nach Kindern im ganzen Haus, doch die Heimleiterin schickte mich auf unser Familienzimmer und wartete, bis ich die Tür hinter mir geschlossen hatte. »Mittagspause«, sagte sie freundlich, aber bestimmt.

Vater bestand darauf, dass ich einen Mittagsschlaf halte. Als ich das ablehnte, sollte ich mich wenigstens ausruhen. Ich kleidete mich bis auf die Unterwäsche aus und schlüpfte ins Bett. Ich muss doch eingeschlafen sein. Mein Traum war fürchterlich: Ich wartete auf Römi, dass er endlich zurückkäme, und ich suchte ihn überall verzweifelt. Mal sah ich ihn in der Ferne, mal war er nicht zu sehen. Plötzlich stand ein Mann vor mir, direkt vor meinem Bett. Ich sah seine Hose, die vorn etwas gewölbt war. Ich wollte an ihm vorbeigucken, denn ich suchte nach Römi. Da öffnete Römi die Tür und er hatte Frau Schultz' Wellensittich Bubi auf dem Kopf. Römi machte Faxen und sah und hörte mich nicht, obwohl ich ihn rief. Ich wollte aus dem Bett entkommen, doch mich hielt etwas fest, sosehr ich mich hin und her warf. Ich weinte und schrie und riss mich schließlich los. Irgendetwas stieß mich von hinten an. Erschrocken brüllte ich mehrere Male: »Nein!«. Nass geschwitzt wachte ich auf, müde und zerschlagen. Ich weinte sofort los. Keiner war im Zimmer. Wo waren sie alle plötzlich? Ich schluchzte. Es wollte nicht aufhören. Irgendwann kam Römi.

»Moma, schau mal, was ich gekauft gekriegt habe.« Er zeigte mir einen kleinen Elefanten aus blauem Glas, der allerliebst aussah.

»Wie schön!«, sagte ich und umarmte Römi fest.

»Bist du traurig?« Er sah mir ins Gesicht.

»Nein, es war nur ein Albtraum.« Mein Körper fühlte sich an, als gehöre er nicht zu mir.

»Moma, die Augen aufreißen, dann ist der Alb weg und du bist wach.« Ich hatte das Gefühl, dass mir das nicht geholfen hätte, obwohl es mein eigener Ratschlag an ihn war.

»Du sollst zum Abendbrot kommen. Es gibt die Kartoffeln vom Mittag, aber gebraten. Mmhh.« Er stürmte aus dem Zimmer.

Beim Abendessen suchte ich den Blick von Mutter, doch sie schaute immer woanders hin. Neben uns hing ein Spiegel, der die Tische im Saal und die Gäste spiegelte. Ich beobachtete die anderen Familien. Die meisten redeten miteinander, aber an keinem Tisch war es lustig. Manchmal wurde ein Kind ermahnt mit Messer und Gabel zu essen, an einem stritten sich Geschwister um die Bratkartoffeln. Der Blick auf unseren Tisch zeigte Mutter, die auf ihren Teller starrte, Römi, der, während er aß, über seinen blauen Elefanten erzählte. Vater nahm eine Bierflasche zur Hand und studierte das Etikett, als wäre es ein Bauplan. Meine Bratkartoffeln wurden kalt, mein Tee ebenfalls. Niedergeschlagen ging ich wenig später ohne Aufforderung ins Bett. Am nächsten Tag hatte ich Fieber.

Vater begleitete mich zum Arzt. Der Arzt sagte, ich hätte nichts, außer ein bisschen erhöhte Temperatur. Trotzdem verschrieb er mir Bettruhe. Das gefiel mir gar nicht. Ich wollte um keinen Preis im Bett bleiben. Aber ich fühlte mich schlapp. Das rechte Auge schmerzte. Ich hielt es zu, um mich, mit dem anderen lesend, in meine Bücher zu verkriechen.

Das einzig Angenehme war, dass ich Fieber unter dem Arm messen durfte, nicht mehr, wie die ganzen Jahre vorher, im Po.

Vater saß vormittags an meinem Bett und las vor. Das war mir unangenehm. Deshalb stellte ich mich manchmal schlafend, damit er ging. Doch er erkannte, ob ich tatsächlich schlief. Dann erzählte er komisches Zeug, während ich die Augen geschlossen hielt. Ich sei sein Ein-und-Alles und er sei ein treu sorgender Vater. Dass es manchmal Probleme zwischen den Eltern geben würde, die nicht zu lösen seien. Aber, dass er ja mich hätte und er mir dankbar sei. Wie peinlich berührten mich solche Sätze! Wer bin ich hier? Ich bin doch nicht seine Kumpeline, ich bin doch die Tochter. Ich verhielt mich still. Dann sagte er, dass manchmal auch ein treu sorgender Vater etwas Schlimmes tut, wenn er nicht weiterwüsste. Mir stockte der Atem. Aber, ich würde ihm ja helfen und das fände er sehr schön. Die Stille im Raum war schreiend laut. Was hat das bei mir zu suchen?

Am nächsten Morgen schrieb ich wieder einen Zettel. Er war mir genauso unverständlich wie der erste. Hatte Vater jemanden umgebracht? Und warum unterstützte ich ihn dabei? Ich ließ den Zettel so schnell wie möglich verschwinden und steckte ihn ins eiserne Bettgestell. Das hatte ein Loch an der Stelle, wo eine Querstange fehlte, der Innenraum war hohl und der Zettel damit für immer verschwunden.

Dann war der Urlaub zu Ende und wir fuhren wieder nach Berlin.

Ich bin mir sicher, dass mein Vater einen Menschen ermordet hat. Ich musste helfen, die Leiche wegzutragen. Es ist ein Mädchen, die liegt jetzt in einem Sarg auf dem Berg.

Das verlorene Lachen

In unserem Haushalt gibt es kein Telefon. Für einen Telefonanschluss meldet man sich mindestens zehn Jahre vorher an, dann wird der Anschluss endlich in die Wohnung verlegt. Meine Eltern haben weder einen Anmeldetermin, noch warten sie auf ein Telefon. Sie lehnen es ab, weil sie meinen, ich und Römi würden zu viel telefonieren und damit Geld verbrauchen. So ein Quatsch. Ein Anruf kostet 20 Pfennig. Das Geld bringe ich allemal auf. Trotzdem steht, seitdem ich krank bin, ein orange-weißes Haustelefon neben meinem Bett. Es schnarrt. Nur ein einziger Mensch ruft mich darauf an.

»Bist du noch krank oder kannst du mich zu Tante Petra bringen?« Römis Stimme klingt hell und klar in meinem Ohr. Vom Flur her höre ich Mutter rufen. »Römi, Simone ist krank! Mach dich fertig!« Ich antworte Römi ins Telefon. »Ich bin nicht mehr krank, ich bringe dich.« Mutter kommt zu mir ins Zimmer. Wie ist es möglich, dass sie jedes Wort hört, was Römi und ich sagen, wenn wir miteinander telefonieren. Sie fragt: »Hast du Fieber gemessen?«

»Ja«, antworte ich und halte ihr das von 38,3 auf 36,7 Grad Celsius herunter geschüttelte Quecksilberthermometer[29] hin.

Sie schaut darauf und sagt knapp: »Gut, wenn du meinst, Römis Stullentasche hängt am Haken. Er braucht noch einen geschnittenen Apfel.«

Im Hinauslaufen ruft sie: »Ich werde heute stricken.« Schwupps, verschwindet sie im Wohnzimmer, wo sie die neue Heimstrickmaschine auf dem Tisch anmontiert hat.

29 Ein Fieberthermometer, welches mit der giftigen Substanz Quecksilber gefüllt ist, weil sich dieses Element bei wenig Wärme schnell ausdehnt und dann die Temperatur auf der Skala anzeigt. Wenn so ein Thermometer herunterfällt und zerbricht, werden die Erwachsenen total aufgeregt. Es bilden sich lauter kleine Kugeln, die auf dem Boden hin und her rollen. Dabei werden sie immer winziger und verbreiten giftige Dämpfe. Ich weiß das, weil Römi schon mal eins geschrottet hat.

»Komm rüber, Römi!«, sage ich ins Telefon und lege auf. Mir passt das ausgezeichnet in mein Tageskonzept. So brauche ich nicht im Bett herumzuliegen. Sofort kommt Römi in mein Zimmer gestürmt. »Moma, packst du mir das Geschenk für Tante Petra ein?«

»Ja, bring es her.«

Römi flitzt zurück in sein Zimmer und kommt mit einem Stocknagel[30] aus unserem Urlaubsort wieder.

»Moma, wenn Tante Petra keinen Wanderstock hat?«, fragt er mich.

»Sie kann das Bild auch an eine Tasse kleben«, schlage ich leichthin vor, ohne die Folgen rechtzeitig zu erkennen.

»Kann man Eisen kleben, Moma?«

»Ja, man braucht den richtigen Klebstoff.«

Er verschwindet in die Küche und kommt mit einer Tasse zurück. Er nimmt den Stocknagel und hält ihn ran, doch das in Metall eingelassene Bildchen ist für einen schlanken Stock vorgeformt und passt nicht auf die Tasse.

»Moma, mein Geschenk ist doof.« An seiner leicht vibrierenden Stimme merke ich, dass er gleich anfängt zu heulen. Dabei drückt er hilflos das Stocknagelbildchen auf die Tasse.

Ehrlich gesagt, glaube ich nicht, dass Tante Petra einen Wanderstock hat, sie erzählt immer nur vom Meer. Mir kommt eine andere Idee. »Römi, ich habe noch zwei kleine Schalen aus der Töpferei. Tante Petra wird sicherlich eine davon gefallen.«

Aus meinem Nachttisch hole ich die Schalen und stelle sie auf den Tisch. Römi bekommt große Augen.

»Darf ich die?« Er zeigt auf die Größte. Ich packe sie ihm in eine Serviette ein und lege eine Schleife aus Geschenkband darum. Er strahlt.

---

30 Ein Stocknagel ist eine ein bis drei Zentimeter große Plakette aus Blech, auf der ein Foto vom Wanderort eingefasst ist. Es gibt unterschiedliche Formen, rund oder als Hirsch oder markante Sehenswürdigkeiten sind in das Metall geprägt. Man befestigt den Stocknagel mit kleinen Nägeln am Wanderstock und sammelt wandernd weitere.

»Und jetzt holst du bitte einen Apfel, ein Messer und deine Stullentasche.« Römi rennt los.

Während ich den Apfel schneide, schmerzt wieder mein Auge. Ich taste danach und reibe das Lid mehrmals gegen das Auge. Da fühlt es sich besser an.

Römi forscht in meinem Gesicht. »Du siehst aber komisch aus«, sagt er.

»Wieso?«

»Du lachst gar nicht, Moma.«

»Doch, ich lache. Guck doch mal.« Ich ziehe den Mund breit.

»Nee«, sagt Römi.

Ich fühle mich schlapp, dabei hat der Tag erst begonnen. Die Neugier, ob Mario die Höhle gebaut hat, treibt mich allerdings an. Was würde das für ein wunderbarer Tag werden, wenn ich Mario heute begegne.

Kurze Zeit später sind Römi und ich auf dem Weg zum Kindergarten. Meine Sorge ist, dass Tante Petra Urlaub hat, denn Römi plappert den ganzen Weg über von ihr. Wenn sie nicht da ist, fängt er wieder an zu weinen und will mit nach Hause kommen.

»Weißt du Moma, ich hab' gedacht, wenn Tante Petra meine Mama wäre, könnte ich mit ihr im Urlaub am Strand spielen. Tante Petra spielt immer mit uns. Ich muss bei Tante Petra auch nicht alles aufessen. Gummi nicht und Matschkartoffel nicht.«

»Was für Gummi?«

»Na, das olle Fleisch.« Ich grinse. Das kenne ich aus der Schule.

Kurze Zeit später sehe ich Tante Petras hellen Pferdeschwanz schon von Weitem im Hof des Kindergartens. Ein Glück, Römi bleibt ohne große Abschiedsszene dort.

Ab zum Grenzgebiet, meinen liebgewonnenen Geheimnisplatz! Jetzt im Hochsommer dörrt dort das Gras am Boden, die Erde platzt von der Trockenheit auf. Mein Ziel ist das Brombeergestrüpp. Die Spannung wächst, je näher ich komme. Dort führt der schmale Weg durch die Brombeeren zur Höhle. Einige Brombeerzweige wachsen über den Trampelpfad. Ich trete auf die jungen Triebe, denn ihre Dornen sind nicht zu verachten, sie verursachen schmerzende und sogar blutende Kratzer an den Waden. Am Ende des Durchganges sehe ich: Ja, hier hat jemand geschippt, hier war Mario. Aber nicht nur das: Alle verkohlten Teile wurden auf einem Haufen zusammengeschichtet, der gesamte Ort einmal umgegraben. Das sieht man. Aber wo ist die Höhle? Ich durchsuche jeden kleinen Abschnitt, nirgends ist ein Eingang zu entdecken. Ich schabe mit den Händen den Sand zur Seite, darunter ist wieder nur Sand. Wo ist die Höhle?

Dabei hatte ich mir im Urlaub oft vorgestellt, wie Mario Tag für Tag den Sand ausschachtet, sich hineingräbt in die Erde, ein neues Sofa von oben in die ausgeschachteten Räume stellt und darüber Wellbleche und Pappen legt.

Verzweifelt setze ich mich auf einen Sandhügel. Der Wachturm steht nicht weit weg. Die Grenzsoldaten sehen alles, was hier geschieht. Vielleicht haben sie Mario entdeckt, wie er anfing, an der Höhle zu bauen, haben den Vopo angerufen. Der ist gekommen und hat Mario verboten, das Gebiet zu betreten.

Durch diese Gedanken werde ich traurig. Die ganze Umgebung scheint sich zu verdunkeln. Ich starre auf den Haufen mit verkohlten Resten. Tränen steigen hoch, verschleiern die Sicht und rinnen heiß die Wange herunter. Die Verzweiflung ist so groß, dass ich fürchte, das Gefühl wird nie mehr weggehen. Es kommt immer mehr davon in mir hoch. Ich schleppe mich zu dem alten Sofa und lehne den Kopf an ein erhalten gebliebenes Polster. Der Geruch des verkohlten Restes sticht mir in die Nase. Jetzt bin ich nur noch müde. Mit geschlossenen Augen ruhe ich in dieser Position aus, halb liegend, halb sitzend. Einige Zeit vergeht. Das rechte Auge schmerzt wieder. Ich stehe auf und schlurfe über das Grenzgebiet zu Frau Schultz' Wohnung.

Die Wohnungsklingel ähnelt einer alten Kratzbürste, ich drücke mehrmals den Knopf, bevor sie endlich schnarrt.

Frau Schultz öffnet und sieht mich an, als würde sie mich nicht kennen. Während ich mein Anliegen äußere, bewegen sich meine Lippen träge.

»Ich win doch Siwone, ich wöchte die Schulwaffe holen.«

Frau Schultz schaut dermaßen erschrocken, dass ich mich frage, wie ich aussehe. Was ist mit mir los? Steht es so schlimm um mich? Sie winkt mich herein und öffnet ihre Küchentür. Ich ziehe mir mühsam die Schuhe aus und lasse mich in der Küche erschöpft auf einen Stuhl plumpsen. Frau Schultz backt gerade. Auf dem Küchentisch liegen ausgeschälte Walnussschalen, die wie eine Flotte Spielzeugschiffe über das Wachstuch reisen. Kleine Mehlreste zwischen ihnen sind Wellenschaum und die Blechdose mit dem *kleinen Muck*, der ein Tablett mit Schokolade trägt - Aufbewahrungsort der Backpulvertütchen -, stellt das fremde heiße Land dar, in dem alle Einwohner Pluderhosen und spitze Schuhe, die vorn nach oben gebogen sind, tragen.

Frau Schultz holt mich aus meiner Tagträumerei.

»Was ist denn passiert, Kindchen?«, fragt sie mitfühlend und sichtlich bestürzt. Ja, das wüsste ich selbst gerne, aber ich weiß es nicht. Irgendwas hat eine Krankheit hinterlassen oder einen Abdruck in mir, den ich nicht verstehe. Außerdem kommen komische Worte aus meinem Mund.

Frau Schultz holt eine Schokolade aus ihrem Küchenschrank, öffnet die bedruckte Papierverpackung und das Silberpapier und bricht einige Stückchen davon ab. Sie legt die Tafel vor mir ab. Es ist meine Lieblingsschokolade Vollmilch – Nuss. Gierig schiebe ich mir ein paar Stücke gleichzeitig in den Mund. Frau Schultz füllt Kuchenteig in eine runde Form mit Loch in der Mitte. Aus einer anderen Schüssel gießt sie eine Nussmasse dazu. Sie versinkt langsam im Teig. Gebannt schaue ich zu, während ich die Schokolade halb lutsche, halb kaue. Der Nussdrache mit den rauen Schuppen versinkt in weißer Lava, denke ich, als sich die Zutaten vermischen.

»Hoppla, aufpassen.« Frau Schultz und wischt unter meinem Kinn einen Schokoladenklecks weg. Habe ich gesabbert? Ich taste nach meiner Unterlippe und fühle die heraustropfende Schokolade. Schlürfend ziehe ich sie wieder hoch.

»Simone, ist was mit deinem Mund?«, fragt Frau Schultz.

»Nee fieso?«

»Mach doch mal den Mund zu.«

»Wach ich doch«, sage ich und halte mir die Hand vor den Mund.

»Du kannst den Mund nicht schließen«, sagt sie.

»Das kann nicht sein? Das gifft es doch gar nicht.« Ich schlucke vor Schreck die Schokolade hinunter, ohne sie zu lutschen.

»Simone, nimm doch bitte mal die Hand vom Mund. Gut, und jetzt mach mal eine Grimasse«, sagt Frau Schultz.

Ich bemühe mich.

»Lach mal!« Frau Schultz zieht ihre beiden Mundwinkel zu einem Lächeln nach außen. Ich bemühe mich ebenso.

»Zieh die Nase kraus. Und die Augenbrauen?«, fragt sie und bewegt ihre nach oben. Sie schüttelt verwundert den Kopf. »Hattest du im Urlaub eine Zecke an deinem Körper?«

»Nein, nur Wückenstiche.« Ich kann nicht mehr ordentlich sprechen. Die Buchstaben, die mit den Lippen geformt werden, klingen total anders. Es kommt nur Kauderwelsch dabei heraus.

»Was hawe ich?«, frage ich ängstlich und schaue sie hilfesuchend an. Frau Schultz holt einen kleinen Taschenspiegel und hält ihn mir vor das Gesicht. »Probiere das noch einmal aus!«

Ich schaue in den kleinen Spiegel und versuche mein Gesicht mit den üblichen Muskeln in Bewegung zu bringen. Nichts geschieht. Weder erheben sich die Augenbrauen noch kann ich die Nase kräuseln, die Lippen bleiben starr. Aus dem kleinen Spiegelrechteck schaut mich eine Simone ohne jegliche Mimik an.

»Vielleicht ist es ein Virus?«, rätselt Frau Schultz. »Haben deine Eltern nichts gesehen?«

Ich schüttele den Kopf.

Frau Schultz steht auf. »Ich werde mir jetzt ein anderes Kleid anziehen und dann bringe ich dich nach Hause.«

Ich schüttele abermals den Kopf, sprechen werde ich auf keinen Fall mehr. Aber sie meint: »Doch, du musst dringend zum Arzt. Keine Widerrede. Es kann durchaus sein, dass du für einige Tage ins Krankenhaus eingewiesen wirst. Eine Nichte von mir hatte das früher auch einmal. Deswegen nehmen wir deine Schulmappe mit. Geh sie holen, während ich mich umziehe.« Frau Schultz verschwindet in ihr Schlafzimmer.

Im Wohnzimmer ist es dunkel, weil die Rollläden heruntergelassen sind. Ich knipse das Licht an. Die beiden Vögel Bubi und Hansi erschrecken sich und flattern mit den Flügeln im Käfig. Mein Blick geht zu dem Ölbild mit den beiden schmusenden Pferden. Es ist noch da und ich spüre schlagartig meine Sehnsucht nach Mario. Das war der Tag, an dem die Sonne goldenes Licht ausgestrahlt hat, der Tag, an dem mir Mario Geheimnisse anvertraute, an dem er mich in den Arm genommen und geküsst hat. Und ich erinnere mich, dass damals die Sonne in mir aufgegangen ist und meine Seite, jene vor der undurchdringlichen Wand, wärmte. Das war der Tag, an welchem ich noch einen langen Zopf und ein funktionierendes Gesicht hatte. Das war der glücklichste Tag meines Lebens.

Die Mappe steht gleich neben der Tür. Eines ist klar, der Zettel hinter dem Adressschild darf auf keinen Fall in mein Kinderzimmer gelangen. Doch, wo bringe ich ihn hier unter? Dann habe ich eine Idee. Schnell hole ich den Zettel aus der Mappe. Mir schlägt ein saurer Geruch daraus entgegen, doch ich beachte ihn nicht weiter.

Ich schlüpfe zurück in die Küche, suche auf dem Tisch nach zwei Walnussschalen, die zueinander passen. Mehrere

Hälften probiere ich aus, bevor ich die richtigen gefunden habe. Jetzt, schnell den Zettel hineinstecken und die Schalen mit ein wenig Teig verkleben! Ich drücke die Nuss tief in den Kuchen und verstreiche den Teig darüber. Es ist nichts mehr zu sehen.

Frau Schultz kommt herein. »Finger weg von meinem Nusskranz«, sagt sie lachend. »Du wollest die Mappe holen!« Sie hält sie in der Hand, drängt mich zur Küchentür hinaus, öffnet die Wohnungstür und lässt mich zuerst hinaustreten.

Mit einem Mal lastet die Müdigkeit wieder auf mir wie Blei. In unserem Treppenhaus lege ich auf jedem Treppenabsatz eine Verschnaufpause ein, mein Augenlid schmerzt noch mehr.

Frau Schultz regelt alles Weitere. Sie klingelt an der Wohnungstür, schiebt mich in die Wohnung. Vater geht zur Seite und Mutter kommt aus dem Wohnzimmer gelaufen.

»Wawa, ich kann nicht mehr richtig lachen«, sage ich hilflos und um mich bangend zu ihr. Was weiter geredet wird, ist mir egal, ich werde in mein Zimmer geführt, meine Mutter macht mir das Bett und setzt sich an den Bettrand. Das ist so beruhigend, dass ich relativ schnell einschlafe.

Eine unangenehme Begleiterscheinung am Kranksein ist der Arztbesuch. Schlapp und müde mit Bussen und Bahnen in die Arztpraxis fahren, schlapp und müde zwischen anderen Menschen mit leidenden und ernsten Gesichtern warten.

Dass man krank wird, weiß man vorher nicht, sonst wäre es eine sinnvolle Idee, sich auf Vorrat Arzttermine zu besorgen.

Nach der Kinderärztin, die nicht weiter weiß und der ersten Ärztin im Krankenhaus Buch, die sich für nicht zuständig hält, fahren Mutter und ich zu einer Nervenärztin. Das Tapetenmuster aus dem Wartezimmer könnte ich sofort ohne Probleme aufmalen, so lange saßen wir dort.

Jetzt steht fest: Ich bin ein seltener Krankheitsfall. Die Diagnose lautet Fazialisparese. Das ist Latein und bedeutet: Gesichtslähmung. Nun gut, kein Zauberwerk, das zu erkennen, wenn jemand keine Mimik mehr hat. Dass es solche Krankheiten gibt, wissen wiederum nur Nervenärzte, wohlgemerkt sind es keine Psychiater, ergo nicht diejenigen, die Menschen behandeln, die im Kopf nicht normal ticken. Eine Gesichtslähmung tritt normalerweise halbseitig auf, bei mir ist das gesamte Gesicht betroffen. Weil beide Seiten herunterhängen, sieht es schon wieder gesund aus und wurde deshalb nicht gleich von jedem erkannt. Zum Beispiel von meiner Kinderärztin, die mich, seitdem ich auf der Welt bin, kennt. Die Nervenärztin kannte den Grimassentest von Frau Schultz auch. Die Krankenhausvorhersage von ihr traf ebenfalls ein. Weil es für Gesichtslähmung kein Kinderkrankenhaus gibt, komme ich gleich zu den Erwachsenen - in die Nervenklinik.

Ich weine nicht mal. Alles geschieht zu schnell. Ich glaube, ich bin innerlich genauso gelähmt wie äußerlich. Von innen kommen keine Gefühle mehr heraus, außen bewegt sich nichts. Es ist mir nicht möglich, aus einer Tasse zu trinken, ohne dass mir die Flüssigkeit aus den Mundwinkeln übers Kinn herabläuft. Nur mit dem Strohhalm funktioniert es. Ich kann den Buchstaben »F« nicht aussprechen. Genauso verhält es sich mit den Buchstaben B, M, P, V, W. Die Worte klingen wie die Sprechversuche einer Sprachgestörten.

Natürlich ist Mutter betroffen und Vater bestürzt. Römi sitzt in seinem Zimmer und spielt leise und brav mit den Autos. Er weiß im Moment nichts davon, dass ich ins Krankenhaus verfrachtet werde, aber er ist dermaßen still, dass ich annehme, er ahnt es. Ich habe eine seltene Krankheit, obwohl mir nichts wehtut. Alle werden leise und bedauern mich. Und ich bin wie eingefroren.

Es soll so schnell wie möglich weggehen!

Wenig Aussicht und Folterkeller

Meine Aussicht ist begrenzt. Sie reicht 15 cm von den Augen bis zum blassgrünen Ölfarbanstrich der Krankenzimmerwand. Zur anderen Seite mag ich nicht schauen. Dort liegt die große Fleischereifachverkäuferin mit ihren ungekämmten zweifarbigen Haaren: am Kopf dunkelgrau und an den Enden blond. Wenn sie vorhat, zur Toilette auf dem Flur zu gehen, wälzt sie sich umständlich aus dem Bett, legt das rechte gelähmte Bein auf den Bettrand, der rechte Arm hängt währenddessen wie ein Pendel an ihrem massigen Körper. Lange braucht sie, bis sie endlich steht. Sie schlurft zur Tür, während sie das eine Bein auf dem Boden nachzieht. Wenn sie mit der anderen Patientin im dritten Bett des Zimmers redet, fängt sie jedes Mal an zu weinen. Diese Frau ist erst seit ein paar Tagen da. Sie ist im echten Leben eine Putzfrau. Weil dieser Beruf genauso wichtig ist, wie zum Beispiel der eines Ingenieurs, nennt er sich Facharbeiter für Reinigungstechnik, egal ob Mann oder Frau.

Die Ödnis von drei Betten und darin herumliegenden Kranken mit verstrubbelten Haaren ist kaum auszuhalten. Deshalb genieße ich lieber die Aussicht auf grüne Ölfarbe an der Wand. Wenn ich lange genug bewegungslos verharre, öffnet sich die Wand und zeigt ein weites Tal mit satten Wiesen, mit Palmen, Eichen und Buchsbäumen.

Der Weg ins Tal führt im leichten Zickzack an einem in die Wiese ragenden Holzsteg vorbei. Von dort springe ich ab, lass mich fallen und kullere hinab, bis zu den wunderlichen Behausungen: Bienenwaben, so groß, um darin hinein zu krabbeln, ein Iglu aus Ranken mit duftendem Jasminblüten, eine überdachte Sitzbank mit Blumen aus Mosaiksteinen und ein liegender Schrank aus Lehm und runden Steinen.

Hier fließt auch der schmale Fluss, aus dem die von Wasser geschliffenen Steine herausgenommen und verbaut werden. Er ist eingesäumt von kräftigen Bäumen mit weiten Kronen, die Schatten geben und an dessen Ufer blaue große Libellen herumschwirren. Einige Bäume wurden vom Wind umgestoßen und entwurzelt. Sie reichen quer über den Fluss bis an das gegenüberliegende Ufer. Ich sitze in ihren Zweigen, angele und schaue immer wieder zu dem chinesisch aussehenden Teehäuschen. Es hat ein Dach, das an vier Ecken leicht nach oben gebogen ist. Drei seiner vier Wände bestehen von oben bis unten aus Holzfenstern. Man überblickt von dort das Tal, außer zum Fluss hin, da ist eine Rückwand angebracht. In der Mitte des einzigen Raumes wächst eine junge Eiche. Sie braucht nie gegossen zu werden. Das Wasser für sie kommt aus vier schmalen Regenrohren vom Dach und fließt durch eine Auffanganlage direkt zu den Wurzeln. Dort wohnt Mario. Es macht ihm nichts aus, dass Sonnenlicht hineinflutet und jedermann ins Häuschen guckt und ihn sieht. Wenn ich komme, hat er Zeit für mich.

Gleich daneben steht ein Bauwagen mit Rädern unter einer rot blühenden Mimose. Sie hat äußerst sensible Blätter, die sich bei Berührung zurückziehen. Die blaue Farbe des Bauwagens blättert ab. Es scheint, als schuppe er sich. Dort wohnt Römi. Seine Spielzeugautos fahren jederzeit auf dem Boden herum.

Auf der anderen Seite des grünen Tals steht ein Eisenbahnwaggon auf Schienen, die aus dem Tal hinausführen. Darin wohne ich. Er ist gemütlich eingerichtet und ich habe viele Schlüssel zum Abschließen. Ich sitze auf einem Sofa und lese Bücher. Wenn ich hochschaue, sehe ich eine Koppel. Auf ihr grasen braune Pferde. Eines hat eine dunkle Mähne und eines eine helle. Sie sind den ganzen Tag lang zusammen. Manchmal jagen sie wild durch das Tal.

Wir drei leben hier. Im Küchenwagen unter Eichen essen wir und während wir dort sitzen, plumpsen Eicheln auf das Dach.

Morgens um sechs erwacht der Krankenhausbetrieb allmählich. Zuerst werden leise die Medikamente auf den Nachttisch gestellt, etwas später kommen die Spritzen dran. Eine Spritze ist das widerlichste Gerät, um Medikamente zu verabreichen.

Die Schwester betritt unser Zimmer und ruft: »So, meine Damen, jetzt gibt es Ihre Cocktails«. Mein Magen krampft sich jedes Mal zusammen und die Geleebananen vom Abend zuvor überlegen, ob sie nicht den Rückweg wählen und wieder auf dem Nachtisch oder im Bett landen wollen. Aber es hilft ja nichts. Ich ziehe mir die Schlafanzughose leicht herunter und drehe der Schwester die Seite vom Allerwertesten zu, die wir gestern zusammen ausgesucht haben.

»Na, siehst du, hier ist noch genügend Platz für einen winzigen Stich«, sagt sie. Ich hasse das Gefühl, wenn die Nadel in der Haut steckt. Ich würde sie am liebsten sofort herausziehen. Die Schwester drückt in Zeitlupe die Flüssigkeit hinein und meint: »Es brennt gleich ein bisschen.« Sie zieht die Nadel heraus und versucht, mit dem Tupfer die Flüssigkeit unter der Haut zu verteilen.

»Na, war doch nicht so schlimm, oder?«

»Mhm.« Ich beiße die Zähne zusammen.

Wenn ich dies überstanden habe, gehts zum Folterkeller. Das ist die Physiotherapie. Dort regiert Herr Klemke. Er ist klein und stämmig und trägt eine Brille mit starken Vergrößerungsgläsern. Seine Augen werden riesengroß dadurch. Er hat behaarte kräftige Arme, die im Verhältnis zu dem Körper zu kurz sind. Wie ein verwachsener Zwerg sieht er aus, doch das behalte ich für mich. Ich bin ja gut erzogen und er kann nichts dafür. Aber es ist quälend.

Ich muss mich auf die Liege legen, er beugt sich über mich, um die Nerven in meinem Gesicht zu studieren. Wie ein Insekt unter dem Mikroskop liege ich da, während er die Gesichtsmuskulatur betrachtet. Dann setzt er einen Stromkontakt auf den Hauptnerv. Weil seine Arme zu kurz sind, kommt sein Gesicht mit dem Brillenmikroskop in den Kussbereich, viel zu nah. Das ist eklig ...

Er dreht am Stromregler des Gerätes neben dem Kopfende der Liege und meistens ist der erste Stromschlag so überraschend, dass mir Tränen in die Augen steigen. Manchmal soll ich die eingestellte Stromstärke aushalten, manchmal regelt er die Intensität herunter. Das ist die Therapie, die ich wohl benötige.

Man sagt, dass kleine Schläge auf den Kopf das Denkvermögen erhöhen. Hier in der Physiotherapie heißt es: Kleine Stromschläge direkt auf den Nerv erhöhen die Muskeltätigkeit.

Wenn sich Herr Klemke wieder entfernt, halte ich mein eigenes »Folterwerkzeug« auf einen meiner Gesichtsnerven. Innerhalb einer halben Stunde verändert Herr Klemke zweimal die Position auf meinem Gesicht, um jeweils einen anderen Nerv elektrisch »zu stimulieren«, wie er es ausdrückt.

Danach folgt Gesichtsgymnastik für Augenbrauen, Nase, Mund. Ich sitze auf einem Stuhl, halte einen Spiegel vor das Gesicht und schneide alle möglichen Grimassen. Herr Klemke starrt mich an und gibt seine Kommentare ab, was ich besser machen soll. Das ist erniedrigend und hochgradig peinlich. Nur am Wochenende bin ich erlöst von der Tortur. Aber heute ist erst Mittwoch.

Steine kommen ins Rollen

Mittwoch ist Besuchszeit. Schlag siebzehn Uhr klopft es, ich rufe voller Vorfreude: »Herein!« Langsam schiebt sich ein blonder Wuschelkopf durch den Türspalt. Sein Gesicht sehe ich nicht, nur den Hinterkopf. Der Kopf verharrt, als wollte er mich raten lassen. Eine Überraschung? Ich glaube, dass es Römi ist. Ist Römis Gesicht bemalt, oder hat er ein Kostüm an, oder neue Klamotten, oder hält er was in der Hand? Ich hoffe darauf, gleich einen Spaß zu erleben. Römi war bisher nicht hier im Krankenhaus.

»Römi! Komm schon rein!«, rufe ich laut und lache. Aber der Blondschopf dort an der Tür kommt nicht herein. Der Kopf dreht sich mit dem Gesicht zu mir und plötzlich sehe ich ... Nein, das kann nicht sein! Wie blöd ist das denn! Meine größte Babypuppe schaut mich mit ihrem erstarrten Lachen und ihren Glubschaugen an. Das Gesicht meines Vaters erscheint daneben. Ich bin oberenttäuscht. Er soll wieder gehen und die Puppe mitnehmen!

»Wo ist Römi?«, frage ich.

»Der ist noch im Kindergarten«, sagt Vater beflissen, als hätte er ein schlechtes Gewissen. »Ich bin gleich nach der Arbeit hergekommen. Ich musste eher gehen, um rechtzeitig zur Besuchszeit da zu sein. Da konnte ich Römi nicht abholen.« Mein Vater packt Geleebananen aus und ein dickes Buch von Jules Verne. Er legt alles auf den Nachttisch. Die Fleischereifachverkäuferin und die Facharbeiterin für Reinigungstechnik sind rauchen gegangen. Er begrüßt mich mit einer Umarmung und einem Küsschen.

»Vater, ich möchte lieber in den Besuchsraum.«

»Warum, hier ist doch niemand, wir stören keinen.«

»Ich will jetzt in den Besucherraum«, sage ich trotzig, stehe auf und gehe zielstrebig auf die Tür zu. Ich öffne sie und laufe den Gang hinunter zum kleinen Foyer, in welchem ein Tisch mit vier Stühlen steht. Dort dümpelt ein Gummibaum vor sich hin. Ein paar unvollständige Gesellschaftsspiele täuschen fröhliche Geselligkeit vor. Ich nehme mir das Dame-Mühle-Spiel und setze mich an den Tisch. Ich stelle alle Steine, die übrig geblieben sind, auf und warte auf Vater.

»Warum besucht mich Mutter nicht?«, frage ich ihn, als er sich an den Tisch setzt.

»Sie hat viel zu tun, einer muss ja auf Römi aufpassen.«

Sie hat immer zu tun. Sie war bisher nur einmal hier, obwohl ich bereits fünf Wochen hier bin. Ich habe Sehnsucht nach ihr und nach Römi. Römi könnte mir mit seinen Faxen die Krankenhausstimmung vertreiben.

»Was gab es zu essen heute?«, fragt Vater.

»Weiß nicht.«

»Was haben die Ärzte heute bei der Visite gesagt?«

»Nix.«

»Ich kann auch die Stationsärztin fragen«, meint Vater.

»Ja, kannst du.«

»Vielleicht machst du ja schon Fortschritte.«

Ich starre auf mein Mühlebrett und sage nichts.

»Gut, ich frage die Stationsärztin.« Schon eilt er den gebohnerten langen Krankenhausflur entlang. Nach vielen Schritten wird geklopft. Eine Tür öffnet und schließt sich wieder. Jetzt ist er bei der Ärztin. Ich stelle die Steine auf das Brett und fange an, mit mir selbst Mühle zu spielen.

Mittwochs ist wenig los. Meistens bekomme nur ich Besuch, denn ich bin das einzige Kind hier. Schon überlege ich, in mein Zimmer zurückzugehen, da entdecke ich hinter den schwer schwenkbaren Glastüren zum Treppenaufgang eine kleine rundliche Gestalt mit weißem Locken.

»Frau Schultz!«

Sie zwängt sich durch die großen Flügeltüren und ich renne ihr entgegen. Ich umarme sie. Das war nicht geplant, doch ich freue mich, sie zu sehen.

»Kommen Sie, ich zeige Ihnen mein Zimmer.« Ich ziehe Frau Schultz den Gang hinter mir her, öffne die Tür – es ist immer noch keiner da – und halte für sie die Tür geöffnet. Frau Schultz begutachtet es. »Na ja«, sagt sie, »ein Sanatorium ist es nicht und auch keine Wohnstube.«

»Das ist mein Bett, dieses von der Fleischereifachverkäuferin und jenes von der anderen Kranken«, stelle ich ihr die Bettenanordnung vor. Frau Schultz hat Kuchen mitgebracht, in Papier gewickelt, und Muckefuck, in der Thermoskanne. Wir setzen uns an den kleinen Tisch. Ich habe großen Appetit und packe den Kuchen aus. »Oh, ein Nusskranz«, stelle ich überrascht fest. Schlagartig fällt mir der Zettel ein. Frau Schultz sieht mich kurz forschend an, nur eine Sekunde lang. Sie kramt aus ihrer Handtasche ein kleines Taschenmesser, öffnet es und reicht es mir. Ich schneide zwei Stücke heraus. Der Kuchen schmeckt intensiv nach Nüssen.

»Wie geht es dir?«, fragt mich Frau Schultz.

»Gut«, antworte ich schnell.

»Bekommst du viel Besuch?«

»Na ja, meistens nur vom Vater. Sie wollen Römi nicht mit dem Krankenhaus belasten und Mutter hat viel zu tun«, sage ich mit vollem Mund.

»Was ist mit Freundinnen?«, fragt Frau Schultz.

»Gar nicht.«

»Warum?«

»Weiß nicht. Ich habe aber eine Karte von meiner Klasse bekommen. Alle haben darauf unterschrieben, schauen Sie mal.« Ich hole die Karte aus meinem Nachttischschränkchen und zeige sie ihr.

Während Frau Schultz die Karte liest, fällt mir etwas ein. »Was machen die Pferdebilder? Sind sie noch da?« Sie schüttelt den Kopf, ohne mich anzusehen.

»Haben Sie alle Bilder schon in …« Ich beiße mir auf die Zunge, schließlich darf ich nicht wissen, dass die Gemälde in den Westen geschmuggelt werden sollen: » …schon verkauft? Was wollten Sie mit den Bildern noch einmal machen?«

»Zurückgeben, Kindchen, zurückgeben.« Sie macht eine kleine Pause.

»Sind sie jetzt alle zurückgegeben?«, frage ich nach.

»Nein, es gibt gerade Probleme bei mir. Ich musste sie umlagern.«

»Aber Sie haben doch genügend Platz dafür!«, rufe ich aus.

»Der Platz ist nicht ausschlaggebend.«

Sie schaut mich an und nimmt mein Gesicht zwischen ihre Hände. »Simone, du kannst wieder richtig sprechen, ist dir das schon aufgefallen?«

»Das ja, aber die rechte Gesichtsseite funktioniert noch nicht, ich sehe blöd aus.«

»Du wirst langsam wieder gesund.«

Ich schüttele ihre Hände von meinem Kopf weg. »Was ist mit den Pferden?«

»Ich musste sie weggeben, es gibt große Schwierigkeiten«, sagt sie.

»Was für Schwierigkeiten?«

»Der Vopo lungert in der Nähe meiner Wohnung herum. Die Bilder sind nicht legal bei mir gewesen. Ich habe jemand einen Gefallen damit getan, dass ich sie einige Wochen aufbewahrt habe.«

»Ja, ich weiß es von Mario«, sage ich.

»Was weißt du von Mario?«

»Die Bilder gehören einem Maler.«

Sie schaut mich ernst an: »Ja, Renés Vater.« Sie forscht in meinem Gesicht. »René ist jetzt weg, seit zwei Wochen.«

»Oh, das ist ... schade.«

»Die Besuche vom Vopo begannen genau vor zwei Wochen. Ich schätze, jemand hat mich verraten.«

»Wissen Sie, wer?«

»Nein, noch nicht. Ich werde überprüft und bei der Ausreise nach Westberlin stundenlang kontrolliert. Das letzte Mal hatte ich Glück.«

Ich bin sprachlos.

»Aber jetzt Schluss mit dem Thema. Die Bilder sind gut verwahrt. Mario hat mir geholfen.«

»Mario? Wobei?«

»Er machte mir einen sonderbaren, aber sehr klugen Vorschlag, wo wir sie verwahren können, und er hat das zu meiner vollen Zufriedenheit selber in die Hand genommen.«

»Was für einen Vorschlag?«

»Reden wir von dir. Was machst du den ganzen Tag? Hast du jemanden in deinem Alter hier, eine Freundin vielleicht?«

»Nein, es sind nur Erwachsene auf dieser Station.«

»Jemand anderen? Eine Krankenschwester?«

»Nein.«

»Eine nette Ärztin vielleicht?«

»Ja, so eine junge, warum?«

»Nur so. Tja, keine schöne Sache. Ich weiß jetzt nicht genau, wie ich beginnen soll.«

Ich auch nicht, denke ich, ahne aber was kommt.

»Du hast in meinem letzten Kuchen, dem Nusskranz, eine Nachricht hinterlassen. Eine Nachricht, die ich als Hilferuf auffasse. Einem Hilferuf«, sagt sie, »gehe ich in jedem Fall nach. Das habe ich von meinen Eltern gelernt und erst recht, wenn dieser von dir kommt. Gibt es irgendetwas, was ich für dich tun kann?«

Ich zucke mit den Schultern.

»Kannst du mir Genaueres sagen?«

Ich schüttele den Kopf und schaue zu Boden.

»Nein?«

»Es ist nicht direkt so, wie es auf dem Zettel steht«, sage ich zögerlich.

»Was meinst du?« Sie lässt nicht locker.

»Ich habe den Satz nach einer schlimmen Nacht aufgeschrieben. Ich kann Ihnen nicht sagen, was er bedeutet, aber ich weiß, dass es irgendwie stimmt, was da steht, nur nicht richtig, nicht so, wie es da steht, eben anders«, stottere ich.

»Soll es eine verschlüsselte Botschaft sein?«, fragt sie interessiert weiter.

»Wenn Sie so wollen. Aber nicht absichtlich. Ich weiß nicht genau.«

»Es hilft immer, mit jemandem darüber zu sprechen.«

»Würde ich ja gerne, auch über verschiedene andere Gedanken«, stimme ich ihr zu.

»Vielleicht solltest du mit der jungen Ärztin reden. Das könnte beim Gesundwerden behilflich sein, mal alles zu erzählen, was dich bedrückt. Dafür gibt es extra ausgebildete Menschen.«

»Wenn die blöde Lähmung davon weggehen würde und die Gedanken ebenso, das wäre sehr schön.«

»Vielleicht hast du auch ein Trauma«, vermutet Frau Schultz.

Mein Vater steht in der Tür. Seine Stimme bebt leicht vor unterdrückter Wut. »Sie kommen bitte unverzüglich aus diesem Zimmer heraus, Frau Schultz.«

»Aber Herr Cerny, ich habe Simone nur besucht und ihr einen Kuchen gebracht«, antwortet diese.

Vater kommt herein, schließt die Tür und wiederholt sich, nur ohne »bitte«: »Sie gehen jetzt unverzüglich aus diesem Zimmer. Wer Simone besuchen darf, bestimme immer noch ich.«

»Du, Vater? Wieso bestimmst du das?«, frage ich.

»Weil ich weiß, was für dich gut ist und was nicht.« Er tritt an den Tisch und zeigt darauf: »Avanti, Avanti, räumen Sie das Feld, hier haben Sie nichts zu suchen.«

»Aber Vater!« Ich verstehe nicht, was er auf einmal hat. Bisher lobte er Frau Schultz in den höchsten Tönen und nie war es ein Problem, dass ich bei ihr war.

»Du hältst den Mund, wir sprechen uns noch, Simone. Wenn du Probleme hast, kommst du gefälligst zu mir. Deine persönlichen Befindlichkeiten haben außerhalb unserer Familie überhaupt nichts, aber auch ü-b-e-r-h-a-u-p-t n-i-c-h-t-s zu suchen.«

Mein Blick geht zwischen Frau Schultz und Vater hin und her. Was weiß mein Vater? Was hat Frau Schultz ihm erzählt?

»Herr Cerny, Simone hat mir gar nichts erzählt. Für eine geübte Beobachterin wie mich ist es ein Leichtes zu sehen, dass es Simone nicht gut geht. Schließlich liegt sie jetzt in einer Nervenklinik. Wenn Sie das noch nicht entdeckt haben sollten, Herr Cerny, sollten Sie in Ruhe mal darüber nachdenken«, sagt sie.

»Nicht gut geht?« Jetzt brüllt Vater. »Was erlauben Sie sich hier, Frau Schultz! Simone geht es bestens in unserer Familie. Wir sind lebensfroh und humanistisch eingestellt, Simone bringt immer sehr gute Noten nach Hause, wir fahren jedes Jahr mit den Kindern in den Urlaub. Was rede ich hier eigentlich! Ich muss mich vor IHNEN nicht rechtfertigen. Simones Krankheit beruht auf einen unentdeckten Zeckenbiss, ganz einfach.«

»Ist ja gar nicht wahr, Vater, ich hatte keinen Zeckenbiss.«

»Du hältst gefälligst den Mund, Simone!« Und zu Frau Schultz gewand: »Raus hier!« Sie lässt den Kuchen stehen, nimmt ihr Handtäschchen und wendet sich zur Tür. Vater eilt voran.

»Sie werden noch sehen, was Sie davon haben«, sagt er drohend, während er mit einem gewaltigen Schwung die Tür öffnet. Davor steht die kleine freundliche Stationsärztin Fräulein Dr. Wabe, die zur Seite springt.

»Meinen Sie mich?«

»Aber nein, Fräulein Dr. Wabe, ich meine diese Person hier.« Er zeigt auf Frau Schultz. »Verweisen Sie diese Person aus der Nähe meiner Tochter!«

»Warum das?«, fragt die junge Ärztin. Fräulein Dr. Wabe hat eine witzige Brille mit kreisrunden Gläsern auf. Nickelbrillen nennen sich diese Modelle und sind zurzeit modern.

»Die Person dort wiegelt meine Tochter auf, sie setzt ihr Flöhe ins Hirn und bringt unser Familienleben durcheinander. Ich verbitte mir das!« Er schaut Frau Schultz an und sagt zu ihr: »Sie werden noch sehen, was Sie davon haben, Gemälde zu verstecken.«

Woher weiß er das mit den Pferdebildern? Mir fällt ein, dass er an dem Tag, als ich mit Mario abends auf das Grenzgebiet gegangen bin, bei Frau Schultz war. Und weiß er alles andere auch? Und wieso ist er so wütend auf Frau Schultz?

»Ach, Sie waren das, Herr Cerny? Ich habe Sie nie als einen Trompeter von denen eingeschätzt. Aber, gedacht habe ich es mir schon, dass *Sie* dem Vopo einen Hinweis gegeben haben. Immerhin sind Sie mir gegenüber sehr misstrauisch geworden, nach unserem kurzen Gespräch, in welchem ich mich um Simone gesorgt habe. Im Übrigen, alles kommt zu einem selbst zurück, die schlechten und die guten Taten, Herr Cerny. Das müssten Sie als ... Humanist am besten wissen. Ich empfehle mich, Herr Cerny.«

»Sie werden sich noch wundern!«, brüllt Vater ihr hinterher.

»Nein, Herr Cerny, mich wundert nichts mehr, dafür habe ich zu viele Menschen Ihres Schlages erlebt: nach außen hin der Biedermann, in Wirklichkeit ein kriminelles Würstchen.«

»Ich darf Sie beide bitten, diesen Streit sofort zu beenden«, mischt sich jetzt Fräulein Dr. Wabe ein. »Herr Cerny, bitte verabschieden Sie sich von ihrer Tochter, die Besuchszeit ist hiermit beendet. Solche Atmosphäre dulde ich nicht auf meiner Krankenstation. Denken Sie hier bitte auch an Simone.«

»Ja, natürlich, Fräulein Dr. Wabe, ich verabschiede mich nur noch von meiner Tochter«, sagt Vater. Er schließt die Zimmertür, bleibt an der Tür stehen. Es ist still. Am liebsten würde ich sofort verschwinden in mein Fantasiedorf hinter der Ölfarbe. Ich fühle mich schuldig an dem Streit zwischen Vater und

Frau Schultz, schuldig, wegen des Zettels in der Walnussschale, schuldig, dass die Kranken in den anliegenden Zimmern meinen Vater brüllen gehört haben, schuldig, weil ich krank bin, schuldig weil ich hier bin, schuldig an allem. Ich gehe ins Bett und schlage die Bettdecke über meinen Kopf. Ich will niemanden mehr sehen.

Die Tür öffnet sich schon wieder, das kann ich unter der Bettdecke hören. Ich selber würde in kein Zimmer eintreten, in welchem wenige Sekunden vorher herumgebrüllt wurde, aber andere Menschen sind eben anders. Der ungleichmäßige Gang gehört zur Fleischereifachverkäuferin mit dem herunterhängenden Arm. Sie schlurft bis kurz vor mein Bett und berlinert sofort los. »Na, Kleene, haste Besuch vom Papa, hatta dia wida nen dicken Wälza mitjebracht? Wat issn mit dia, du kiekst aba komisch!«

»Das ist doch nicht meine Tochter!«, sagt Vater.

Ich bin nicht seine Tochter? Was sagt er da! Jetzt habe ich es zu weit getrieben! In meinem Kopf rattern die Gedanken. Wollen sie mich zuhause nicht mehr haben? Warum? Na ja, ich bin schon wochenlang krank, liege hier und helfe nicht. Es gibt aber auch Vorteile für meine Familie: Keiner muss für mich kochen und zuhause entsteht kein Dreck durch mich. Andererseits besucht mich Vater jede Woche zweimal, er bringt mir Süßigkeiten mit, die kosten Geld und er opfert seine Zeit für die Besuche. Und Mutter wäscht meine Schmutzwäsche aus dem Krankenhaus. Das größte Problem für mich ist aber, dass Vater den Inhalt des Zettels kennen könnte. Ja! Das wird der Grund sein! Wenn Frau Schultz in dem kurzen Gespräch Vater den Zettel übergeben hat, wissen meine Eltern, was ich gedacht habe. Ich bin verloren! Das verzeihen die mir nie! Deswegen will mich Vater nicht mehr, ich bin allein auf der Welt.

»Nee, det is ja nich möchlich, ditt is ne Puppi. So eine große Puppi. Janz zum vawechseln ähnlich. Wo is denn unsre

Kleene, heult se wieda uffm Klo?«, dröhnt es laut von der Seite.

»Ja, das ist eine Puppe, die Puppe meiner Tochter, die ich heute mitgebracht habe und diese Puppe ist nicht meine Tochter. Und Sie sagen mir jetzt, wieso meine Tochter hier heult? Dafür gibt es doch keinen Grund, oder?« Vater ist außer sich.

»Na det is hier keen Waldspazierjang im Krankenhaus, nüscht für so kleene Mädels, sensibel isse och noch und fast jede Nacht träumt se schlecht, se steht uff und rennt uffn Flur.«

»Aber das ist doch völliger Quatsch, und warum erzählt mir das keiner?« Vaters Stimme überschlägt sich fast. »Diese Stationsärztin knöpfe ich mir sofort vor, die kriegt was zu hören. Simone, jetzt kommst du sofort unter der Bettdecke hervor, das ist doch alles lächerlich, hochgradig lächerlich!«

Mir wird plötzlich warm. Die Luft wird knapp. Außerdem erhitzt sich mein Bauch. Das-Heiße-Wind-Gefühl kommt schnell in Gang. Ich fühle durch meine Bettdecke den harten Arm der Puppe. Dieses bestrickte steife Monstrum! Ich führe eine Hand unter der Bettdecke hervor und greife den Arm der Puppe, dann richte ich mich blitzschnell auf und lasse die Babypuppe durch das Zimmer segeln. Sie knallt mit ungeheurer Wucht gegen die Tür des Krankenzimmers.

»Das hast du davon, du blöde Tussi«, schreie ich dem Ding hinterher. Sie ist so blöd, dass sie nicht einmal kaputtgeht. Sie knallt gegen die Tür und fällt davor zu Boden. Die Fleischereifachverkäuferin und Vater stehen erstarrt und schauen mich entsetzt an. Doch für mich ist noch lange nicht Schluss.

»Ich will die nicht, nimm sie wieder mit!«, schreie ich Vater an. Der heiße Wind hört nicht auf, er saust durch den Magen, immer im Kreis, er braucht Platz, um sich auszutoben, er ergreift mich und wirbelt mich durch mich selbst hindurch. Die drei Hände von Vater und der Fleischereifachverkäuferin (einer ihrer Arme hängt ja herab, sonst wären es vier Hände) richten nichts aus, sie fassen mich nicht. Jetzt springe ich auf das nächste Bett.

»Ich gehe hier weg!« Nun flattert die Bettdecke durch den Raum. »Bin ich eben nicht deine Tochter.« Die Blumenvase scheppert auf den Boden. »Ich wollte immer schon weg aus der Familie, ich hasse euch!« Ich flüchte unter mein Krankenhausbett. Ich suche nach Wurfgeschossen. Da stehen Hauslatschen, die bieten sich an. Vaters Hände tauchen auf und versuchen, mich zu greifen. Ich nehme einen Latschen und schlage mit diesem wie wild um mich. »Da und da.« Ich treffe, Vater zieht beide Hände zurück. »Aua. Simone!«

»Aua Simone«, äffe ich ihn nach. »Lass mich in Ruhe!«

»Simone!«

Vaters Hände angeln wieder nach mir. Ich weiß nicht, warum ich mich so verhalte, es geschieht einfach mit mir. Ich fasse die Bettunterseite mit den metallenen Federn und Haken und halte mich daran fest. Ich trete mit beiden Beinen gegen meinen Vater. Er bekommt einen Fuß von mir zu fassen und zieht daran. Ich klammere mich fester an die Metallfederung, meine Finger schmerzen. Mit dem anderen Bein trete ich gegen Vater und bekomme meinen Fuß aus seinem Klammergriff. Ich strampele weiter. Kontrollieren lässt sich das Heiße-Wind-Gefühl nicht mehr von mir. Es ist stärker als alle anderen, die ich jemals aus mir herausgelassen habe. Ich habe mich nicht mehr in der Gewalt.

Ich bekomme jedoch mit, dass nun Fräulein Dr. Wabe im Zimmer steht und die Frau Facharbeiter für Reinigungstechnik, meine dritte Zimmernachbarin, ebenfalls hereingekommen ist. Das Gesicht von Fräulein Dr. Wabe erscheint unter dem Bett, sie sagt was. Ich verstehe nichts, als spräche sie eine andere Sprache. Der Vater hockt sich neben sie und schaut mich streng an. Da brülle ich: »Hau ab, hau endlich ab, geh weg von mir, ich will dich nicht sehen, verpiss dich!«

Die Stationsärztin hält meinen Vater davon ab, mich ein weiteres Mal zu greifen. Sie sagt etwas zu ihm. Keuchend hänge ich an den Metallfedern des alten Krankenhausbettes. Wie eine Ertrinkende habe ich mich an die Metallteile geklammert. Ich wäre jetzt gern allein. Seit fünf Wochen, seitdem ich hier im Krankenhaus bin, bin ich nur auf der Toilette für mich. Es ist der einzige Ort, an dem ich mich zum Weinen zurückziehen kann. Ich will allein und ohne Spritzen und ohne meine Lähmung und wieder wie vorher sein. Tränen laufen über die Wangen.

Nach einer Weile nehme ich mein Umfeld besser wahr. Ich linse vorsichtig nach allen Seiten. Keine Füße mehr zu sehen. Vielleicht liegen die Fleischereifachverkäuferin und die Facharbeiterin in ihren Betten. Bei diesen Gedanken tränen gleich wieder die Augen. Trotzdem löse ich langsam die Hände von der Bettunterseite. Beide sind krallenartig gekrümmt und blass. Die Haken und Spiralfedern aus Eisen haben sich an manchen Stellen in die Haut gedrückt. Dort sind weiße schmerzende Dellen entstanden. Ich fühle mich leer. Der heiße Wind ist entlassen. Mein Schutzraum, meine Höhle, mein Haus – unter dem Krankenbett. Erschöpft strecke ich mich der Länge nach unterm Bett aus, falte die Hände auf dem Bauch zusammen und schließe die Augen. Einfach nichts denken, das Gewicht des Körpers auf dem Boden spüren und alle Gedanken ziehen lassen.

Ganz langsam kommen Traumbilder.

Ich bin in meinem Kinderzimmer und liege auf dem Bett. Zu sehen sind der Esstisch und die Stühle darum. Frau Schultz ist da. Das orangene Haustelefon schnarrt. Eine Stimme am Telefonhörer sagt: »Nimm gefälligst ab, wenn ich dich anrufe!« Es ist eine Männerstimme, unsympathisch, abgehackt und fordernd. Frau Schultz springt wie verrückt mehrmals auf Vaters Stuhl herum. Der Bettkasten über meinem Kopf wackelt und ich schlage im regelmäßigen Rhythmus mit dem Kopf daran. Kurz danach wickelt sich die Bettdecke um mein Gesicht und ich drohe zu ersticken. Ich schlage um mich und wache auf, die Beine des Krankenhausbetts, Tischbeine, Stuhlbeine und Nachtischbeine des Krankenzimmers erscheinen in meinem Blickwinkel.

Das Licht im Krankenzimmer ist angeknipst worden. Ich habe große Angst, der Schweiß bricht mir aus. Ich taste zu meinem Kopfende, aber da ist kein Bettkasten, keine Wand, an der ich hätte anschlagen können. Und trotzdem, habe ich es gespürt, als hätte es eben stattgefunden.

Ein Gesicht taucht unter dem Bett auf, ich zucke zusammen. Es ist das von Fräulein Dr. Wabe. »Oh, Entschuldigung, hast du dich erschrocken?«, fragt sie.

»Mmh.«

»Und wie geht es dir jetzt?«

»Mmh.«

»Willst du jetzt hervorkommen? Deine Zimmernachbarinnen gucken noch einen Film, das wäre doch ein guter Zeitpunkt.«

»Mmh.« Ich krieche langsam hervor. Fräulein Dr. Wabe hat meine Bettdecke zurückgeschlagen. Sie wartet, bis ich ins Bett geklettert bin und sie deckt mich zu. »Guck mal, was ich aus dem Kühlschrank der Schwestern stibitzt habe.« Sie reicht mir ein Leckermäulchen und einen Löffel.

Ich spüre plötzlich meinen Hunger. »Danke.« Ich öffne die Verpackung und schaufele den süßen Quark in mich hinein.

»Oh, du hast Hunger«, sagt Fräulein Dr. Wabe. »Warte mal.« Sie verschwindet. Nach wenigen Minuten kommt sie mit geschmierten Stullen auf einem Teller zurück. Eine mit Teewurst, eine mit Leberwurst und eine mit Schmelzkäse. »Hier, die sind für dich, willst du?« Ich nicke. Während ich kaue, fragt sie mich: »Möchtest du mich morgen mal besuchen? Ich habe ab zwölf Uhr Mittag Dienst und etwas später, in der Mittagsruhe, ist genügend Zeit, magst du?«

»Ja.«

»Gut, sehen wir uns morgen halb zwei, in Ordnung?«

»Ja.«

»Schlaf schön, bevor die beiden Damen zurückkommen und dich mit Fragen löchern können.« Fräulein Dr. Wabe geht aus dem Zimmer und winkt mir mit einer Hand zu.

Das finde ich nett. Ich kann sie gut leiden. Vielleicht wird morgen ein besserer Tag.

Schnell sind die Stullen aufgegessen, ich lösche das Licht und lege mich hin. Gleich darauf wird die Tür geöffnet und die beiden Frauen kommen herein. Ich stelle mich schlafend.

Das Gespräch

Der Folterkeller Physiotherapie lässt sich einigermaßen überstehen, wenn man danach etwas Schönes in Aussicht hat. Zum Beispiel ein Gespräch mit Fräulein Dr. Wabe. Fräulein Dr. Wabe ist nett und Frau Schultz hatte sinngemäß gesagt, es würde mich wieder gesund machen, wenn ich mit einer netten Ärztin reden würde. Gesund will ich auf jeden Fall werden, in letzter Zeit taucht Mario immer öfter in meinen Gedanken auf. Mittlerweile wohnt er nicht mehr nur im Teehäuschen im Tal hinter dem grünen Ölsockel. Ich sehe ihn auf dem Grenzgebiet schippen und stelle mir die neue Höhle vor.

Nach dem Mittagessen tropft die Zeit dahin, bis es endlich halb zwei ist. Vor dem Arztzimmer steht ein Stuhl, trotzdem klopfe ich leise an.

»Herein«, ruft Fräulein Dr. Wabe. Sie hat eine Kaffeetasse auf ihrem Schreibtisch zu stehen.

»Komm herein, Simone«, sagt sie. »Schau mal, ich habe ein paar Kekse, willst du was dazu trinken? Hier ist Saft für dich.«

»Gerne.« Ich setze mich an den kleinen Besuchertisch und warte darauf, bis Fräulein. Dr. Wabe sich gegenüber setzt. Sie hält mir einen Teller hin, ich nehme einen Keks und knabbere daran.

»Schmecken sie dir?«

»Ja, gut.«

»Und konntest du gestern noch alle Stullen aufessen, bevor deine Zimmernachbarinnen zurückkamen?«

Sie gießt mir Apfelsaft in ein Glas.

»Oh ja, ich habe mich ganz schön beeilt und war rechtzeitig fertig, bevor die beiden wieder da waren.«

»Du möchtest bestimmt endlich nach Hause«, stellt sie fest.

»Ja, ich will Mario wiedersehn.« Das rutscht mir so heraus.

»Ah, ist Mario dein Freund?«, fragt sie.

»Nein.«

»Dein Bruder?«

»Nein. Römi ist mein Bruder. Aber er kommt mich nicht besuchen. Dürfen hier Kinder nicht rein?« Ich spüre plötzlich, wie sehr ich mich nach ihm sehne.

»War er noch nie hier?«

Ich schüttele den Kopf. »Nein.«

»Warum?«, fragt Fräulein. Dr. Wabe, »zur Besuchszeit können Geschwisterkinder natürlich kommen.«

»Vater sagt immer, dass Krankenhäuser nichts für kleine Jungs sind.«

»Ah, er ist jünger.«

»Ja, Römi ist fünf Jahre alt und ich weiß auch nicht, wer ihn vom Kindergarten abholt. Ich habe das bisher gemacht. Wenn er lange dableiben muss, weint er. Aber ich habe ihn immer gleich nach dem Mittagsschlaf abgeholt.«

»Du bist sicher eine tolle Schwester.«

»Meinen Sie?«

»Ja, das meine ich.«

»Mutter war nur einmal hier.«

»So? Warum das?«, fragt Fräulein Dr. Wabe weiter.

»Ich weiß nicht, Vater sagt immer, sie hat zu tun, aber ich glaube, dass sie auf mich böse ist.«

»Warum sollte sie auf dich böse sein, du kannst doch nichts für deine Krankheit.«

»Ich weiß nicht, sie guckt zuhause manchmal so böse zu mir.« Ich zucke mit den Schultern.

Fräulein Dr. Wabe geht zu ihrem Schreibtisch und schreibt eine kleine Notiz auf, dann kommt sie zurück. »Entschuldige, mir ist gerade etwas eingefallen, ich wollte es nicht vergessen. Jetzt bin ich wieder ganz bei dir. Wer war die ältere Dame, mit der sich dein Papa gestritten hat?«

»Das war Frau Schultz, die hat mich besucht.«

»Ja, das ist schön. Aber warum haben sich dein Papa und sie gestritten?«

»Ich weiß nicht.« Irgendwie wird es jetzt doch brenzlig. Ich möchte lieber nichts von meinem Zettel erzählen.

»Und warum warst du wütend auf deinen Papa?«

»Ich war nicht wütend auf ihn, ich war nur wütend.«

»Wie fühlst du dich an so einem Tag wie heute.«

»Sie dürfen jetzt nicht lachen, ja?«

»Nein, ich werde auf keinen Fall lachen.«

Einige Sekunden überlege ich, ob ich das jetzt sagen kann... »Ich fühle mich ... wie ein goldenes Ei im Weltall. Eigentlich haben alle anderen Menschen davor Angst.«

»Du auch?«

»Nein, ich kenne das Gefühl ja.«

»Ist es immer gleichstark?«

»Nein, in der Nacht ist es oft größer. Es bringt auch nichts, nach Mutter zu rufen. Nachts hört sie mich nicht, wenn ich rufe. Sie schläft ja. Nachts ist jeder Mensch für sich allein da. Jeder in seinem Ei, als würde er jetzt ausgebrütet werden. Ich warte darauf, dass mich der Morgen ausbrütet.«

»Dass dich der Morgen ausbrütet?« Fräulein Dr. Wabe rückt verwundert ihre Nickelbrille zurecht.

»Wenn der Tag losgeht und ich nicht mehr im Bett liege, allein in meinem Zimmer, das gefällt mir. In der Nacht hilft übrigens beten oder leise singen.«

»Warum schläfst du nicht mit deinem kleinen Bruder in einem Zimmer?«

»Das wollten meine Eltern nicht.«

»Beide Eltern?« Fräulein Dr. Wabe holt ihren Block vom Schreibtisch und setzt sich wieder hin. »Ich schreib mir nur was auf.«

»Weiß nicht, jedenfalls waren beide derselben Meinung.«

»Welcher Meinung?«

»Na, dass ich mal lieber allein schlafen sollte.«

»Hat dein Bruder auch ein Zimmer oder schläft er bei deinen Eltern.«

»Er hat auch ein Zimmer, aber in meinem wird gefrühstückt und Mittag gegessen und dann noch Abendbrot.«

»Ist ja immer was los in deinem Zimmer. Außer nachts.«

»Ja, scheint so.«

Fräulein Dr. Wabe schreibt wieder was auf ihren Block.

»Sag mal, würdest du gern regelmäßig zum Gespräch gehen?«

»Zu Ihnen? Ja, sehr gern.«

»Zu mir? Das wird nicht gehen. Ich kenne aber eine tolle andere Frau, sie ist Kinder- und Jugendpsychologin. Die könnte mit dir regelmäßig sprechen. Mir deine Sorgen anhören, das könnte ich auch, aber ich bin hier für andere Menschen zuständig.« Fräulein Dr. Wabe gibt mir einen Zettel, auf dem eine Telefonnummer steht.

»Danke. Ich hätte eine Frage.«

»Nur zu.«

»Was ist eigentlich ein Trauma, etwa ein Traum?«

»Nein, ein Trauma kann durch einen Traum sichtbar werden, aber es ist eine Erinnerung an ein lebensbedrohliches, sehr schmerzhaftes Erlebnis. Das Gedächtnis verpackt die Erinnerung. Es legt sie ganz behutsam in Seidenpapier, dann in einen Pappkarton, diesen in eine Metallschachtel mit Schlüssel und diese wiederum in einen Tresor mit kompliziertem Zahlenschloss. Das Gedächtnis möchte sich nicht gerne daran erinnern, sondern einfach weiterleben.«

»Ah, wie meine Einweckgläser.«

»Einweckgläser?«

»Ja, die mit Worten und Gedanken. Ich möchte sie nicht mehr haben, weil sie ja sowieso keiner versteht.«

»Welche Worte und Gedanken sind das?«

»Na ja, zum Beispiel, was ich Ihnen gerade erzählt habe vom goldenen Ei und dem Ausbrüten. Dann kommt noch der Sarg hinzu und …«

»Und …?«

»Ach, nichts …«

»Ja, genau, wenn du so willst, können es auch Einweckgläser sein. Das ist ein gutes Bild. Denn Einweckgläser werden schlecht, man muss sie öffnen und auch mal auslöffeln. Wenn immer mehr hinzukommen, sind die Regale bald voll. Jeder sollte dann dringend aufräumen.«

»Ja, aufräumen wäre ganz gut.«

»Ich habe hier auf deiner Karteikarte gelesen, dass du bald Geburtstag hast. Vielleicht kann ich an diesem Tag mit deinen Eltern über eine Gesprächstherapie[31] reden.«

»Ja, das wäre schön. Ich hoffe, Mutter kommt und Römi auch.«

»Sicher kommen sie, das ist doch dein besonderer Tag.«

31 Soweit ich das verstanden habe, interessiert diese Gesprächstherapeuten oder auch Psychologen alles, was andere Menschen überhaupt nicht interessiert und man kann auch geheime Gedanken dort besprechen, weil sie nicht weitergesagt werden, zum Beispiel den Eltern nicht.

Geburtstag mit allen

»Moma!«

Römi saust den gebohnerten Krankenhauskorridor entlang, breitet seine Arme aus und rennt mich fast um. Wir drehen uns im Kreis, bis uns schwindlig wird. Er ist gewachsen in den letzten sechs Wochen. Da ist auch Mutter. Sie umarmt mich und drückt mir einen Kuss auf die Stirn. Währenddessen quasselt Römi.

»Moma, guck mal hier, ich habe zwei neue Matchboxautos, einen VW und einen Kipper. Moma! Guck doch mal.« Er hält sie mir direkt vor die Nase.

»Lass doch Simone erst einmal Mutter begrüßen«, sagt Vater zu ihm.

»Moma, wir haben Geschenke für dich mit. Moma, wir haben auch Kuchen und Süßigkeiten, kann ich was von deiner Schokolade bekommen?« Aufgedreht springt Römi um mich herum. Die Schwester der Nachmittagsschicht hat für vier Personen im Aufenthaltsraum den Tisch gedeckt und einen kleinen Strauß aus dem Krankenhausvorgarten dazugestellt. Das ist mein Geburtstagstisch und nun sind meine Gäste da. Mutter hat eine Buttercremetorte selbst gemacht, mit einer draufgeschriebenen Dreizehn aus Buttercreme. Drumherum sind bunte Zuckerstreusel gestreut. Wir setzen uns alle an den Tisch.

»Moma, das ist mein Geschenk, mach es mal auf.« Römi hält mir einen kleinen Gegenstand hin, der in das Papier von einem Notizheft gewickelt und noch warm von seiner Hand ist. »Aber Römi, das ist doch der Stocknagel für Tante Petra, den willst du mir wirklich schenken? Das ist wirklich sehr lieb von dir.«

»Du bist auch lieb, Moma.« Römi hängt sich an meinen Arm und legt seine Wange daran.

»Komm mal her, Großer.« Wir umarmen uns.

Mutter schenkt uns Saft mit Selter ein. »Lasst uns mal die Gläser heben«, sagt sie feierlich. »Liebe Simone, wir wünschen dir, dass du ganz schnell gesund wirst. Deine Klassenlehrerin hat auch angerufen und gesagt, dass die gesamte Klasse schon auf dich wartet und sie werden dir helfen, wo es nur geht. Und viele, die ich gesprochen habe, waren sehr betroffen von deiner schlimmen Krankheit und drücken die Daumen. Sie finden dich alle ganz toll. Prost!«

»Ich auch«, sagt Römi.

»Liebe Simone, auch dein Papa wünscht dir nur das Beste und dass du bald wieder in die Schule gehen kannst«, sagt Vater.

»Ich auch«, sagt Römi. »Mama, wann komme ich endlich in die Schule?«

»In einem Jahr ist es so weit«, meint sie. »So, nun pack mal die Geschenke aus, Simone.«

Es sind drei Bücher und ein Nachthemd, Schokolade, Briefpapier und Lackbilder und ein von Mutter gestrickter Pullover. Ich ziehe ihn gleich an. Mir gefallen alle Geschenke.

Nach dem Essen schaut Vater auf die Uhr, nickt Mutter zu und sagt: »Wir haben jetzt noch einen Termin bei Fräulein Dr. Wabe. Wir lassen euch kurz allein, ja?« Dann entschwinden sie ins Arztzimmer von Fräulein Dr. Wabe.

»Moma, ich hab Mutti und Vati immer nach der Telefonnummer vom Krankenhaus gefragt, aber sie haben sie mir nicht gegebt.«

»Gegeben, Römi.«

»Gegeben. Ich wollte dich mit meinem Telefon anrufen.«

»Römi, das ist ein Haustelefon.«

»Ja, ich weiß. Aber ich durfte auch nicht dein Telefon aus deinem Zimmer mitbringen, dann hättest du das hierher gestellt und ich hätte dich angeruft.«

»Leider reicht der Telefondraht nicht bis hierher, Römi. Es ist kein richtiges Telefon, nicht so eins, was andere Leute haben, nur ein Spielzeugtelefon.«

»Aber zuhause kann ich dich doch in echt damit anrufen!«

»Ja, es ist ein Zuhausetelefon.«

»Schade.«

»Römi? Lass uns was spielen.«

»Verstecken, du zählst zuerst.«

»Gut, aber ohne Rausgehen, nur hier auf der Station.«

»Ja.« Schon rennt Römi gegenüber zur Flügeltür und ich zähle: »Eins, Zwei, Drei, Vier, Fünf, Sechs ...« Römi stemmt sich immer noch gegen die Tür. »Römi, ich sagte, nur auf der Station! Sieben, Acht, Neun ...« Römi wechselt die Richtung und rennt über den Flur zu den Toiletten. Als er hinter der Toilettentür verschwunden ist, rufe ich: »Zehn, ich komme!«

Kaum ist die Tür geöffnet, steht er schon dahinter. Er ist beleidigt.

»Römi, das kriegst du besser hin. Wenn du ein erstes Versteck gefunden hast, dann brauchst du im Versteck ein zweites.«

»Äh? Verstehe ich nicht, kann ich nochmal?«

»Nein, jetzt bist du mit Suchen dran.«

Wir laufen zurück zum Ausgangspunkt. Während Römi sich beide Hände vor die Augen hält und zählt, schleiche ich langsam in mein Zimmer, lasse die Tür geöffnet, damit ich ihn höre. Kaum ist er mit Zählen fertig, eilt er sofort zur Toilette. Ich linse durch den offenen Türspalt. Er ist wieder herausgekommen und sieht sich nach allen Seiten um. Schließlich wendet er sich zum Aufenthaltsraum. Doch dort bin ich nicht. Also beginnt Römi zu rufen: »Moma, wo bist du? Moma!«

Da erscheinen Vater und Mutter aus dem Arztzimmer.

»Römi, du kannst hier doch nicht herumschreien«, sagt Vater. »Hier liegen Kranke in den Zimmern und die brauchen Ruhe!«

»Moma ist weg«, sagt Römi.

»Wir werden sie mal in ihrem Zimmer suchen, vielleicht ist sie da«, meint Vater.

Sie kommen alle drei in mein Zimmer, ich habe keine Lust mehr auf Verstecken und setze mich auf mein Bett. Römi setzt sich dazu.

»Du weißt, Simone, dass wir dich sehr lieben und niemand möchte, dass du von uns weggehst«, sagt Vater. Irgendetwas ist im Busche, das fühle ich sofort. »Schau mal, Simone, Mutter und ich möchten dich bei uns haben, du bist doch unsere Familie.«

»Und ich.«

»Ja, Römi, du auch. Aber jetzt hältst du mal den Mund«, sagt Vater zu ihm und wendet sich wieder mir zu. »Seiner Familie kann man vertrauen, denn sie schützt einen vor allen möglichen Menschen, die nicht so gut wissen, was man braucht …«

»Vor allem fremde Menschen haben ja gar keine Ahnung, was du wirklich brauchst«, meint Mutter.

»Selbst eine Ärztin weiß das nicht immer«, sagt Vater.

»Nein?«, frage ich skeptisch.

»Nein, Ärzte haben so viele Patienten, sie können die doch gar nicht alle kennen.«

»Aber Ärzte studieren das«, entgegne ich.

»Ja, sie studieren irgendwas, aber dann kommt erst die Praxis. Wir wollen ehrlich sein zu dir, Simone. Dieses Fräulein Dr. Wabe ist wirklich noch sehr jung. Uns scheint, sie hat wenig Ahnung von ihrem Beruf. Sie macht unangebrachte Vorschläge zu deiner Genesung. Du solltest am besten nicht mehr zu ihr gehen, wenn sie noch einmal ein Gespräch mit dir führen möchte«, meint Vater.

»Du wirst auch bald entlassen. Das ist doch ein gutes Zeichen. In einer Woche bist du draußen und wieder bei uns«, setzt Mutter hinzu.

»Wenn Fräulein Dr. Wabe zu jung ist, dann kann ich doch zu der Ärztin gehen, die sie mir aufgeschrieben hat, die soll gut sein«, wende ich ein.

»Das ist eine Psychologin, Simone, wozu brauchst du eine Psychologin?«, fragt Vater.

»Für die Einweckgläser im Gedächtnis«, sage ich.

»Für was?«

»Für die … ach nichts.«

»Nun sag schon, für was brauchst du eine Psychologin? Willst du dich wieder über deine Familie beschweren?«, fragt Mutter mit ansteigender Tonhöhe. »Das macht mein Herz nicht noch einmal mit.«

»Nein, nein! Ich hab mich nie beschwert«, wehre ich ab.

»Lass mich das mal machen«, sagt Vater zu ihr. »Simone, es gibt in jeder Familie mal Schwierigkeiten, das ist ganz normal. Das sollte aber innerhalb der Familie ausdiskutiert werden und nicht mit anderen Menschen.«

»Vater und ich, wir reden immer ruhig miteinander, wir streiten nie«, sagt Mutter.

»Ich dachte nur, dass ich noch nicht ganz gesund bin.«

»Das mit dem Gesicht, das richtet sich schon wieder«, wiegelt Mutter ab.

»Schau doch mal.« Ich stelle mich vor den Spiegel über dem kleinen Handwaschbecken. Sie kommt und schaut mir über die Schulter in das Spiegelgesicht. »Mein Auge geht nicht zu, der Mund hängt schief, wenn ich lache, und das Gesicht ist aufgeschwemmt.«

»Simone, so schlimm ist es auch wieder nicht. Du hast schöne Haare«, sagt sie und streicht mir darüber.

Ist das alles, was sie dazu sagen kann, ich hab schöne Haare?

»Die Prednisolon-Tabletten werden bald abgesetzt und du gehst weiter zur Physiotherapie. In einem Jahr ist alles vergessen«, meint sie und wendet sich ab.

»Unsere Tochter, das wird wieder ein schönes Mädchen werden.« Vater, der näher gekommen ist, tätschelt mir über die Haare.

Mutter sieht ihn ernst an und er zieht seine Hand zurück.

»Wir haben dir noch etwas mitgebracht«, sagt sie und legt ein in Geschenkpapier verpacktes Buch auf den Nachttisch, »das sollst du dir in Ruhe durchlesen, wenn wir wieder gegangen sind.«

»Danke«, ich schaue nicht mal hin.

Eine Schwester kommt vorbei und winkt. Es ist an der Zeit, dass Römi und meine Eltern den Besuch beenden. Wir bringen gemeinsam das Geschirr ins Schwesternzimmer, verstauen die Geschenke im Nachttisch. Die Verabschiedung geht schnell und mit einem Mal sind alle drei weg. Römi, Mutter und Vater.

Neben mir, auf dem Nachttisch, liegt das eingepackte Buch. Ich nehme es zur Hand, trenne vorsichtig die Klebestreifen vom Einpackpapier und wickele es aus. Es ist ein grünes Poesiealbum.[32]

Zwei Doppelseiten sind bereits beschrieben. Auf der Ersten steht:

»Sage nicht immer alles, was du weißt, doch was du sagst, das musst du wissen. Diesen Rat gibt dir, liebe Simone, deine Mutti.«

Auf der Seite danach hat mein Vater einen Spruch hineingeschrieben:

»Wenn Schlimmes geschieht, ist nicht nur der schuldig, der es tut, sondern auch, der es schweigend geschehen lässt. Dieses sollte, liebe Simone, sich ein jeder von uns wohl öfter vor Augen halten. Dein Vater.«

Ich lese die Sprüche mehrmals. Dann erinnere ich den Inhalt meines Zettels, den Frau Schultz in der Walnuss fand.

---

32 Ein Album mit weißen Seiten. Man gibt es seiner Familie und Freunden. Jeder darf eine Doppelseite gestalten und einen Spruch hineinschreiben. Die Sprüche sind meistens von berühmten Leuten wie Goethe oder Schiller.

Ich hatte oft das Gefühl, nicht willkommen zu sein in der Familie und für alles, was meine Eltern für mich tun, mit irgendetwas bezahlen zu müssen. Deshalb habe ich mich vor ihnen gefürchtet. Aber ist es nicht andersherum? Hier im Poesiealbum steht es. Ich soll schweigen darüber, was geschah. Ist mein Vater deshalb so ausgerastet im Krankenhaus? Soll ich deshalb keine Psychologin besuchen und etwas erzählen? Er schreibt sogar, dass es Unrecht ist und ich Mitschuld daran habe. Mein bisheriges Bild von mir und der Familie stimmt doch gar nicht. Und plötzlich habe ich das Gefühl, es könnte alles anders werden.

Vorbei

Heute endet mein Krankenhausaufenthalt. Nach dem Frühstück sitze ich fertig angezogen auf dem Bett und erwarte meine Mutter, die versprochen hat, mich abzuholen. Die Fleischereifachverkäuferin und die Frau Facharbeiter für Reinigungstechnik sind zu Untersuchungen auf anderen Stationen unterwegs. Die Tür öffnet sich leise und Fräulein Dr. Wabe kommt herein. Ich freue mich, sie zu sehen, und dann fällt mir gleichzeitig ein, was meine Eltern über sie gesagt haben.

»Ich gehe heute endlich nach Hause«, sage ich zu ihr.

»Ja, das weiß ich«, meint Fräulein Dr. Wabe, »ich wollte mich von dir verabschieden.«

»Können Sie sich denn noch an mich erinnern?«, frage ich sie.

»Wir haben uns doch erst vor wenigen Tagen hier auf der Station gesprochen, natürlich weiß ich, wer du bist.«

»Und Sie wissen, welche Krankheit ich habe?«

»Ich kenne sogar deinen Namen, Simone.«

»Aha.«

»Und ich weiß, dass ich dir den Namen einer Psychologin gegeben habe, zu der du gehen kannst. Ich habe sie bereits angerufen.«

»Meine Eltern wollen das nicht.« Ich senke den Kopf.

»Soso«, sagt sie. »Das ist schade.«

»Auf Wiedersehen, Fräulein Dr. Wabe«

»Auf Wiedersehen.« Sie geht leise hinaus.

Wenig später kommt Mutter. Der Koffer ist nicht schwer, nur diese Babypuppe nervt. Ich will sie Mutter geben, aber sie lehnt ab und trägt den Koffer. Erst warten wir zwanzig Minuten auf den Bus, am Bahnhof auf die S-Bahn und dann wieder lange auf den Bus. Als wir aus dem letzten Bus aussteigen, biegen wir in meine Straße ein. Es ist schön, wieder hier zu sein. Endlich.

Am Ende der Straße liegt das Haus von Frau Schultz. Hat sie etwa neue Gardinen? Die Fenster sehen verändert aus. Wir kommen dem Haus immer näher.

»Kannst du kurz mal die Puppe halten, ich muss mir die Schuhe zubinden«, bitte ich Mutter. Sie bleibt stehen und schaut mir auf die Füße.

»Ist doch alles in Ordnung«, sagt sie.

»Ich habe hier im rechten Schuh ein Steinchen drin, das drückt mich.«

»Wir sind gleich da«, meint sie und läuft weiter. »Das schaffst du schon noch bis nach Hause.«

Plötzlich kommt Mario aus der Haustür. Seine blonden langen Haare sind unverkennbar. Mein Herz klopft bis zum Hals. Er schaut kurz herüber. Zunächst scheint er mich nicht zu erkennen, dann stoppt er. Jetzt starrt er. Ich habe ihn das letzte Mal vor dem Urlaub gesehen. Ich weiß plötzlich, was er jetzt sieht: ein hässliches Mädchen mit kurzen Haaren und einer überdimensionalen Babypuppe im Arm. Das Gesicht dieses Mädchens ist dick und bleich und ein Mundwinkel sowie ein Augenlid hängen herunter. Ich lächele automatisch, weil ich mich freue, dass er guckt. Über sein Gesicht breitet sich ein Schreck, vielleicht ist es sogar Ekel. Egal, wie ich es nenne, eine Katastrophe ist es. Er schaut nach unten und läuft schnell weg.

»Oh, war er das?«, fragt Mutter. »Ein bisschen zu alt für dich, findest du nicht?« Ich finde gar nichts mehr, ich steige schweigend die Treppen hoch bis zu unserer Wohnung. Mutter öffnet die Tür.

»Ist Römi da?«, frage ich hoffnungsvoll.

»Nein, du weißt doch, dass er im Kindergarten ist. Vater holt ihn nachher ab. Geh schon ins Zimmer und ruhe dich aus, ich koche für uns das Mittagessen.«

Auf dem Familientisch in meinem Zimmer stehen Blumen. Ich knie mich aufs Bett vor das Fenster und lasse die Gardine über meinen Rücken fallen. So bin ich nur für mich, mit Blick auf das Grenzgebiet, auf die *Pause*. Wie habe ich sie vermisst. Die wilden Grasflächen sind gelbgebrannt von der Sommersonne. Der Wachturm thront über allem und die Grenzer sitzen mit Ferngläsern an den Fenstern. Neben mir auf dem Fensterbrett steht das Telefon zu Römi. Aber er ist nicht da. Ich lasse meinen Blick durch das Zimmer schweifen.

Auf dem Tisch liegt ein Kuvert aus Packpapier im A4-Format. Ist das für mich? Mein Name steht darauf. Ich öffne es und nehme eine große Zeichnung heraus. Es ist ein Klassenzimmer mit lauter witzig gemalten Schülern in mehreren Szenen. Einer steht auf einem Stuhl, auf welchen der Name Simone geschrieben ist. Er schwingt eine Keule und ruft: »Der wird freigehalten!« Eine andere Szene zeigt einen Stapel Schulbücher mit meinem Namen. Eine Comicfigur, die Ähnlichkeit mit unserem Klassenlehrer Herrn Arche hat, sagt zu einer Frau, die gerade Staub wischt: »Diese Bücher bleiben auf dem Tisch, auch wenn Sie hundertmal schlechter saubermachen können.« Auf einer anderen Zeichnung haben Schüler Fähnchen in der Hand und winken damit. »Komm so schnell wie möglich wieder!« Dann lese ich alle Unterschriften meiner Mitschüler und Mitschülerinnen.

Ich weiß jetzt, was ich unbedingt brauche: die Schule. Am ersten September hat das neue Schuljahr begonnen. Ich habe bereits zwei Wochen verpasst und ich habe Sehnsucht nach allen Klassenkameraden. Und ganz besonders nach Kerstin. Schade, dass sie nicht ins Krankenhaus gekommen ist, nachdem die Ferien vorbei waren. Jetzt ist sie noch in der Schule, aber nicht mehr lange.

Ich bin wieder da, hol mich morgen früh ab!

»Mutter, ich lege Kerstin eine Nachricht auf den Abtreter«, rufe ich in die Küche, reiße flink die Wohnungstür auf und springe schon die Treppe des Hausflurs hinunter. Hinter

Kerstins Tür regt sich nichts. Nachdem ich meinen Zettel auffällig platziert habe, fällt mir Frau Schultz ein. Ich könnte sie jetzt schnell begrüßen. Die neuen Gardinen an ihren Fenstern haben mich verunsichert.

Am Briefkasten fehlt ihr Name, ich klingele Sturm bei ihr. Keiner öffnet und dann entdecke ich das Unmögliche: An dem Schild unter dem Klingelknopf steht ein anderer Name. Gestorben? Das kann doch nicht sein! Ich haste einen Stock höher, klopfe wild an die erstbeste Tür. Dass ich in dem Haus keinen Mieter kenne, interessiert mich dabei nicht. Die Tür öffnet sich trotzdem.

»Ist sie etwa tot?«

»Mädchen, was ist denn, wen meinst du?«, fragt eine jüngere Frau.

»Frau Schultz.«

»Nein, sie lebt und es geht ihr sehr gut.« Sie zieht mich in ihren Wohnungsflur hinein. »Komm mal kurz. Es muss ja nicht jeder mithören.« Sie schließt hinter mir die Tür. »Frau Schultz ist nach ihrer letzten Reise in Westberlin geblieben. Sie hat gesagt, sie ist von jemanden aus der Nachbarschaft an die Stasi verpfiffen worden und sie würde hier nicht unter Denunzianten und Spitzeln leben wollen.«

»Und sie hatte Bilder mit Pferden ...«

»Alles gut, mein Mädchen, die Herde ist zusammengeblieben und in Sicherheit.« Die Frau zwinkert mit einem Auge. Sie geht in ihre Küche. Dort hängen, an einem bemalten Stullenbrett, eine Zettelrolle und ein Bleistift an einer Schnur. Sie schreibt etwas, reißt den Schnipsel von der Rolle und gibt mir das Stück Papier. Ich lese.

»Ku'damm 117?«

»Ihre Adresse, ihr Name ist ja gleich geblieben.« Sie lächelt.

»Danke.«

Während ich die Treppe herunterlaufe und mich nach ihr umdrehe, winkt sie mir zu.

Mutter überzeuge ich relativ schnell, dass ich wieder »schulfähig« bin, wie sie es ausdrückt. Jetzt braucht es nur Vaters Einwilligung. Bis er nach Hause kommt, bringe ich die Schulmappe auf Vordermann. Darin hatten sich die gesuchten zwei Joghurtbecher viele Wochen lang aufgehalten. Einer war geplatzt und hatte sich ausreichend verteilt. Das nimmt Zeit in Anspruch und eine halbe Flasche Kölnisch Wasser[33] brachte den Geruch auf einen extremen Mix. Halb sechs knirscht der Schlüssel im Wohnungstürschloss, Römi stürmt herein.

»Moma! Da bist du ja, ich hab so lange gewartet.« Er springt mir in die Arme und ich drehe ihn hin und her, so dass seine Beine schlenkern. Er lacht.

»Moma, jetzt ist meine Moma wieder da.« Er schmiegt sich an mich und ich bin glücklich. Moma, heute ist was passiert in der Schule, wir haben es gehört!«

»Was denn?«

»Es hat gekracht.«

»Wo hat es gekracht?«

»Eine Explosion, es hat alles gezittert, das ganze Land«, sagt Römi ernst.

»So ein Unsinn, das hätten wir doch gehört«, meint Mutter.

»Na, Römi, jetzt hast du wohl von Simone übernommen, Horrorgeschichten zu erzählen?«, sagt Vater. Er hängt seine Jacke an die Garderobe. »Was gibt es denn zu essen?«

Römi gibt mir Zeichen, er möchte mir die Geschichte übers Zimmertelefon erzählen. Er glaubt immer noch, dass wir ungestört damit telefonieren. Doch der Verstärker im Hörer ist so mies, dass ich automatisch lauter spreche als bei einer normalen Unterhaltung. Da könnte ich gleich mit einem Lautsprecher herumbrüllen.

33 Kölnisch Wasser ist ein preiswertes Parfüm, welches es schon im 18. Jahrhundert gab, weswegen es in der DDR und im Westen produziert wird, in der DDR vom VEB Berlin Kosmetik. Falls jemand nicht weiß, was VEB heißt: volkseigener Betrieb.

»Komm stattdessen in mein Zimmer, Römi, ich zeig dir, was ich von meiner Schulklasse bekommen habe«, sage ich zu ihm.

»Jetzt wird erst einmal der Tisch gedeckt«, meint Mutter, »dann essen wir und dann werden wir weitersehen.«

Immerhin ergibt das Gespräch am Abendbrottisch, dass ich morgen in die Schule gehen werde.

Römi kommt in mein Zimmer geschlichen und schlüpft in mein Bett. Mehr, als er vorhin erzählte, weiß er nicht, auf jeden Fall ist irgendetwas in der Schule geschehen.

»Kann ich bei dir schlafen?«

»Ja, klar.«

Kurz vor dem Einschlafen denke ich an Mario, aber die Vorfreude auf die Schule morgen ist stärker als die Erinnerung an den traurigen Moment vorhin. Römi macht sich total breit. Mir fällt etwas ein. Vorsichtig nehme ich seinen Arm von meinem Bauch und stehe auf. Die Jeans liegt auf einem Stuhl. Ich suche in beiden Hosentaschen und finde den Zettel, den mir die Nachbarin von Frau Schultz gegeben hat. Ich schaue ihn an und denke mir ein kleines Gedicht aus, um mir die Adresse zu merken. Ich wiederhole es im Kopf, bis es sitzt. Für alle Fälle. Was ich auswendig kann, können sie mir nicht mehr nehmen. Leise öffne ich meine Schulmappe und schiebe den Zettel hinter das Adressschild, zu dem anderen Zettel mit der Telefonnummer der Psychologin.

Der Garten

GING-GONG. Kurze Zeit später reißt Kerstin ihre Wohnungstür auf. Sie schaut mich an, stutzt erschrocken. Ich weiß, mein Gesicht sieht komisch aus. Aber sie fasst sich schnell und umarmt mich.

»Simone, ich freue mich so, dass du wieder da bist, es ist so langweilig ohne dich, komm rein.« Ihre Wohnung ist genauso geschnitten wie unsere, ihr Kinderzimmer an der gleichen Stelle, das Zimmer ihres Bruders ebenso, Schlafzimmer, Wohnzimmer, alles gleich, nur zwei Stockwerke tiefer. Auch wenn man die Wohnung nicht so gut kennen würde wie ich, fände man sich schnell zurecht. Kerstin zeigt mir ihren neuesten Modeschmuck, dann müssen wir los.

Die *Schule der Freundschaft* liegt ebenfalls nahe der Grenze, in einer Art Bucht nach Westberlin hin. Wir brauchen eine halbe Stunde.

»Gestern soll in der Schule was los gewesen sein, hat mir Römi erzählt.« Kerstin lacht laut los.

»Unser Archi ...«, beginnt sie.

»Wer?«

»Na, Herr Arche, unserer Klassenlehrer! Wir nennen ihn jetzt heimlich Archi. Also Archi gibt ja Chemie in den höheren Klassen. Im Moment nehmen die eine Periode von Systemen durch.«

»Das Periodensystem.«

»Ja, genau. Da kommen jede Menge Metalle drin vor und andere Chemiestoffe.«

»Elemente.«

»Genau. Er hat es uns erklärt, aber wir verstehen es nicht. Was wir allerdings verstanden haben ist, dass man sie miteinander mischen kann, und dann machen sie was.«

»Sie reagieren miteinander.«

»Ja und wie!« Kerstin lacht schon wieder. »Archi hat gestern einen Versuch für alle anwesenden Schulklassen gestartet. Wir mussten – von der fünften bis zur zehnten Klasse - auf dem Hof in Dreierreihen antreten, wie beim Appell[34].«

Kerstin erzählt weiter. »Wir standen ziemlich weit weg von Archi. Er hatte seinen weißen Kittel an, trug einen Helm und eine Versuchsbrille.« Sie lacht schon wieder. »Wie ein Insekt sah der aus. Außerdem hatte er dicke Arbeitshandschuhe an.« Sie läuft wie ein Zombie mit erhobenen Armen und hängenden Händen. »Etwas weiter weg, also kurz vor dem Grenzstreifen, stand unser Schiedsrichterturm vom Sport. Dort ist er raufgeklettert. Dann hat er aus einem Reagenzglas etwas von oben in einen Behälter unten gegossen. Erst geschah nichts, dann stieg blauer Rauch auf. Das war der erste Versuch. Und jetzt kommts: Andreas, der Petzer aus der Zehnten, reichte ihm ein anderes Reagenzglas und tauschte den blauen qualmenden Behälter gegen einen weiteren Behälter aus. Dann setzten sich beide auf ein Zeichen Ohrschützer gegen Lärm auf. Archi goss vorsichtig was aus seinem Reagenzglas und dann … KRAWUMMM, KRAWUMMM! PENG!«

»Ist alles in die Luft geflogen.«

»Nee, da hat es mehrmals mörderisch geknallt.« Kerstin grinst über das ganze Gesicht. »Und dann … und dann …«, lachend erzählt sie weiter, »haben wir uns natürlich blöd angeguckt, ob das wohl alles gewesen sei. Archi hat ein paar Sätze darüber verloren, welche Chemikalien gerade miteinander reagiert hatten. Danach war Hofpause. Und als es zum Reingehen klingelte, kam die Polizei und ein Auto voller Grenzsoldaten und umzingelten Archi, der gerade zufrieden seinen Versuch abbaute.«

»Haben sie ihn abgeführt?«

34 Fahnenappell: Alle Schüler laufen immer zu zweit und nach Klassen sortiert auf den Hof. Dort stehen sie exakt zu einem großen Rechteck geordnet und gucken zum Schuldirektor, zur Pionierleiterin, zum FDJ-Funktionär und zur Fahne. Wenn die Fahne hochgezogen wird, dann machen die ersten bis sechsten Klassen den Pioniergruß, die größeren den FDJ-Gruß. Im Anschluss wird irgendwas Unwichtiges bekanntgegeben.

»Nee, in der nächsten Pause haben wir Liliane durch die Klassenräume geschickt, um was zu erfahren. Putzmunter war er da und hat sogar vergnügt die 9b unterrichtet. Die 9b meint, er hat das mit Absicht gemacht.«

»Was?«

»Na, dass die Grenzer kommen. Sie können ihm ja nichts anhaben, der ist Lehrer und in der SED.«[35]

»Die in der 9b meinten, er wollte darauf aufmerksam machen, dass der Schulhof zu klein ist und mehr Fläche für Unterrichtsfächer oder Arbeitsgemeinschaften benötigt werden.«

Darüber hat Römi berichtet, das war der laute Knall, den er bis in seinen Kindergarten gehört hat. Das fängt doch aufregend an, denke ich vergnügt.

Als ich den Klassenraum betrete, gucken einige meiner Klassenkameraden zu mir, andere merken zuerst nicht, dass ich da bin. Micha nimmt seine Mappe von meinem Platz und sagt: »Simone, super, dass du wieder gesund bist.« Liliane holt Schulbücher vom Lehrertisch und stellt sie mir auf meinen Platz. Es ist stiller in der Klasse als sonst, aber alle schauen freundlich. Petra bietet mir einen Bonbon an und sagt: »Wir haben jetzt eine Lerngemeinschaft. Da kommst du mit hin und hast ganz schnell alles nachgeholt, willst du, Simone?«

»Ja.«

Herr Arche betritt den Raum. »Ach, da ist ja unser krankes Huhn und pickt wieder fröhlich. Sei willkommen.« Er schlägt das Klassenbuch auf. »Endlich kann ich hinter deinem Namen ein Anwesenheitszeichen machen.« Er nimmt einen blauen Stift und setzt einen großen Haken ins Buch. Er schaut mich verschmitzt an. Dann singen alle ein Lied für mich: »Immer lebe die Sonne, immer lebe der Himmel …«, auf Russisch.

---

35 SED ist eine Abkürzung und bedeutet Sozialistische Einheitspartei Deutschland und dies ist die Regierungspartei. Alle, die in der Partei sind, haben die richtige Meinung, sagt der Staat.

»Simone, komm nach deinem gesamten Unterricht heute bitte mal zu mir, ich habe da was für dich«, sagt er am Ende des Liedes.

Der erste Tag in der Schule ist schnell vorbei. Ich klopfe an den Vorbereitungsraum für den Chemieunterricht im 2. Stock. Herr Arche ruft mich herein.

»Simone, setz dich doch bitte. Wie hat dir der erste Tag in der Schule gefallen?«

»Sehr gut.«

»Hast du schon einmal daran gedacht, die Leitung einer Arbeitsgemeinschaft zu übernehmen?«

»Nein, hätte ich mir nicht zugetraut.«

»Seit gestern hat sich die Möglichkeit ergeben, einen kleinen Teil des Grenzstreifens zu einem Schulgarten umzugestalten. Ich habe nach einem größeren lautstarken Auftakt eine Verhandlungsgrundlage geschaffen, um den Anspruch einer polytechnischen Oberschule – die wir ja zweifelsohne sind – gerecht zu werden. Es braucht nämlich Orte, an denen geforscht und ausprobiert werden darf. Da es aus verschiedenen Gründen nicht möglich ist, das Unterrichtsfach Chemie in die Außenbereiche zu verlagern, habe ich bei der angrenzenden Behörde«, er deutet mit der Hand Richtung Grenze, »ein kleines Terrain zur Nutzung erhalten, welches wir frei nach unseren Wünschen gestalten können. Wir werden es Schulgarten nennen, aber ich hoffe, dass da niemals schnurgerade Beete und Mohrrüben wachsen. Lass dir was einfallen!« Er zwinkert mit den Augen. »Such dir ein paar Mitschüler und Mitschülerinnen zusammen und macht was draus.«

»Wirklich? Was wir wollen?«

»Ja.«

Sofort sehe ich das grüne Tal vor mir, mit dem Teehäuschen in der Mitte und dem Eisenbahnwaggon und den Pferden.

»Könnten wir auch ein Modell davon machen, wie wir später mal leben wollen?«

»Wenn es schön grün wird …«

»Ja, ich denke an ein Tal, in welchem es besondere Wohnhäuser aus Pflanzen oder aus ausrangierten Fahrzeugen gibt.«

»Ich bin dabei«, sagt er.

Unten wartet Kerstin auf mich. »Was hat er von dir gewollt?«

»Ich soll eine neue Arbeitsgemeinschaft leiten«, sage ich betont lässig, obwohl ich mich innerlich wie verrückt freue. Sie macht große Augen: »Chemie?«

»Nein, ein Schulgarten mit Zukunftshäusern.«

»Wie cool, ich mach mit, Chefin.«

»Natürlich, aber: keine Mohrrüben, keine Beete und keine Höhle.«

»Warum keine Höhle?«

»Der Schulgarten ist auf dem Grenzgebiet, neben der Schule.«

»Und da darf man keine Höhle bauen.«

»Nein.«

»Woher weißt du das?«

Nur zögernd kommt es heraus. »Du kennst doch den blonden Jungen aus dem Nachbarhaus?«

»Ja, klar, den obersüßen Mario. Du, der ist jetzt in der Parallelklasse meines Bruders an der EOS[36].«

Kerstin plappert weiter: »Du, wir schlängeln uns dort zur Disco rein. Einmal im halben Jahr findet in der Schule eine Diskothek in der Aula statt. Ein paar Lehrer haben Abenddienst, verkriechen sich aber meistens zum Rauchen irgendwohin. Sie passen nicht auf die Musikmischung[37] auf und sind auch sonst ganz ok. Es laufen oft mehr Westtitel als erlaubt. Am Ende kommt immer das Beste: der Titel aus dem

36 Ausgeschrieben heißt das: Erweiterte allgemeinbildende polytechnische Oberschule. Dort gehen die Schüler mit den besten Leistungen nach der achten Klasse hin und machen ihr Abitur. Die Auswahl wird begrenzt, vorgezogen werden Arbeiterkinder und Jungs, die eine Laufbahn in der Armee anstreben.

37 60/40 %: Der DJ hat die Verpflichtung, über die Hälfte der Musik aus Titeln der DDR oder der befreundeten sozialistischen Länder zu spielen. Den kleineren Anteil stellen Musikstücke aus dem Westen.

Film *Blutige Erdbeeren*[38]. Sie stellt sich breitbeinig hin, schüttelt ihre Haare und singt lauthals: »Oh, we are saying, pleace give peace a chance.« Sie klopft im Rhythmus zweimal auf die Schenkel und einmal in die Hände. »Oh, we are saying, pleace give peace a chance … Eigentlich muss man sich hinknien«, sagt sie, »und mit den Händen auf den Boden dreschen und beim dritten Schlag die Hände über den Kopf klatschen lassen. Wenn das alle in der Aula machen, dann bebt der Raum. Das ist so krass. Lass uns hingehen, Donnerstag in vierzehn Tagen. Mein Bruder schmuggelt uns rein. Bitte, bitte, bitte!«

»Weiß nicht.« Natürlich denke ich sofort an die letzte Begegnung mit Mario und seinen Blick.

»Ach, komm. Ich hab ein paar neue Klamotten aus dem Westen bekommen. Ich borg dir was. Wir probieren sie vorher an und suchen was Schniekes aus. Ein wenig Wimperntusche und ab geht's. Ooh, we are saying, pleace give peace a chance«!, grölt sie schon wieder und ich bin plötzlich überglücklich eine Freundin zu haben, die mit einer Handbewegung alle Steine, Winde, Wände und Mauern zerbröseln lässt.

★ ★ ★

38 Dieser Film aus den USA war tatsächlich in diesem Jahr in der DDR in den Kinos und viele haben ihn mehrmals gesehen. Ergo: immer ausverkauft.

Sylvia Krupicka

Als ich mit 17 Jahren »Der Fänger im Roggen« von Jerome Salinger las, hat mich ein poetisches Bild dermaßen bewegt, dass ich es verinnerlichte: Ein Roggenfeld, welches nahe einer Klippe liegt, darin - spielende Kinder. Die Hauptperson Holden Caulfield steht vor diesem Abgrund und behält schützend den Überblick, damit die ins Spiel vertieften Kinder nicht hinunterstürzten. Ich denke, das war meine Initiation.

Seitdem habe ich vielen, an Sprache interessierten Menschen, die Möglichkeit erschlossen, im Umgang mit dieser einen persönlichen Ausdruck zu erlangen. Ich habe Schreibwerkstätten, Lesefeste und Lesenächte angeleitet. Es blieb nicht aus, viele kindliche Schicksale zu erfahren. Dieses Buch reiht sich ein in mein bisheriges Tun.

Als Literaturvermittlerin bin ich seit vielen Jahren in ganz Deutschland wirksam, um Veranstaltungen zu Lyrik, Programme mit Klassikern (u.a. Schiller, Busch) und Schreibwerkstätten für Kinder, Jugendliche und Erwachsene durchzuführen.

Literacy ist mein Unterrichtsfeld als Dozentin, in welchem ich Eltern, Studierenden und anderen Interessierten wichtige inhaltliche Aspekte darüber vermittle, welche enorme Bedeutung jene Fähigkeiten haben, die sich unter dem Wort Literacy zusammenfassen lassen. Das sind beispielsweise Textverständnis, Erfahrungen mit der Lese- und Erzählkultur der jeweiligen Mutterländer, vielfältige Erfahrungen mit Schriftkultur in unterschiedlichen Medien und die Wirkung vom täglichen Vorlesen oder Erzählen. Hier liegt auch mein jahrzehntelanges Engagement für die Verbreitung von Kinder- und Jugendliteratur und die Vermittlung der Fähigkeit, in Wort und Schrift seinen eigenen Ausdruck zu finden.

Dank von Herzen

Dieser gilt besonders Daniela Nagel, da sie eine der ersten war, die an das Projekt geglaubt haben und mich ermutigt hat, einen Verlag zu suchen. Eine meiner frühen Begleiterinnen war ebenfalls meine Freundin Petra Franke, die mich über die Inhalte eines Exposés aufgeklärt hat. Durch Katja Eders Einschätzungen des Manuskripts und ihre Hinweise erhielt ich neuen Rückenwind. Thomas Pappritz schenkte mir viel Zeit für ein Teillektorat und damit wichtige Anmerkungen zu den Beziehungen zwischen den Romanfiguren.

Ich danke meinen Kindern, Antonia und Ben Münchow für ihre Unterstützung, insbesondere mit ihren Vorschlägen für Titelvarianten und für das Lesen des Zwischenmanuskriptes.

Ich danke Marina Prüfer und meinen Freundinnen Birka Klemer und Sabine Kalkus, die mich schon seit Jahren darin bestärken, weiter zu schreiben. Nicht zuletzt, Danke an den Verlag Periplaneta, der das Buch jetzt in sein Programm aufnimmt und in die Öffentlichkeit schickt.

https://sylvia-krupicka.de

Ebenfalls erschienen

CHARLOTTE FRITSCH:
»Schmerz in kleinen Dosen«

Edition Periplaneta, 130 S.
print ISBN: 978-3-95996-257-5
epub ISBN: 978-3-95996-258-2
Als Klappenbroschur und
als E-Book für alle Reader

Magda hat gerade ihr Abi gemacht und keine Ahnung, was sie mit ihrem Leben anfangen soll. Am besten erstmal ein Praktikum … Sie zieht in eine andere Stadt, um an einer Schule für verhaltensoriginelle Kinder zu arbeiten. Doch die Erlebnisse überfordern sie zunehmend.

Die 19-jährige Anna ist voll auf dem Selbstzerstörungstrip: Alkohol, Selbstverletzung und schnelle Nummern mit Männern – entgegen ihrer sexuellen Orientierung – bringen ihre Therapeutin zur Verzweiflung.

Die bipolare Lena hingegen ist eine Musterstudentin und Musterpatientin. Sie ist beliebt, erfolgreich, nimmt brav ihre Medikamente und rutscht trotzdem von einer Depression in die nächste. Nicht zuletzt, weil ihre traumatische Vergangenheit sie immer wieder einholt.

Ein Roman über drei junge Frauen,
die mit ihrem Leben klarkommen wollen

Ebenfalls erschienen

LAURA ALT: »9783959962001«

Nouvelle Noire,

Edition Periplaneta , ca. 92 S.
print ISBN: 978-3-95996-200-1
epub ISBN: 978-3-95996-199-8
Als Klappenbroschur und
als E-Book für alle Reader

Der Titel ist eine 13stellige Nummer, die zwar nicht zufällig mit der ISBN des Buches übereinstimmt. Aber es könnte jede andere Zahl auch sein … Denn 9783959962001 ist eine Dystopie. Es geht um Totalitarismus, Revolution, den Sinn von Bestrafungen und um eine Welt, in der die Worte wie »Leben« und »Zukunft« anders definiert werden:

Irgendwo im Getriebe eines totalitären Systems bricht ein Mann die Regeln. Er kündigt, obwohl das eigentlich gar nicht möglich ist. Auf seiner Suche begegnet er Gestalten mit verschiedenen Bewältigungsstrategien und Lebensentwürfen, von Zirkusartisten über Gottesanbeterinnen bis hin zu Terroristen. Doch einen Sinn im Sein zu finden, scheint in dieser Welt unmöglich. Und der Staat ist ihm längst auf den Fersen.

In ihrer kleinen aber mächtigen Nouvelle Noire kündet Laura Alt von einer ominösen und düsteren Zukunft, die ihre unverhohlenen Zeichen bereits in unsere Gegenwart gegraben hat.